BELANGE

Paru dans Le Livre de Poche :

L'AMOUR AVEUGLE

BELLES GALÈRES

E = MC² MON AMOUR

HAUTE-PIERRE

JARDIN FATAL

MENTEUR

MONSIEUR PAPA

POVCHÉRI

PRÉSIDENTE

PYTHAGORE, JE T'ADORE

LA REINE DU MONDE

LE SANG DES ROSES

LE SILENCE DE CLARA

THÉÂTRE DANS LA NUIT

TORRENTERA

TOUT CE QUE JOSEPH ÉCRIVIT CETTE ANNÉE-LÀ

VILLA VANILLE

PATRICK CAUVIN

Belange

ROMAN

ALBIN MICHEL

ISBN : 978-2-253-12139-8 – 1re publication LGF

Premier week-end

Adrien Beaurecourt repoussa le manuscrit sur la partie droite de la table et allongea ses jambes, étirant les muscles, les talons de ses mocassins londoniens ancrés dans la moquette.

Il faisait beau et l'on était vendredi.

Les feuilles des marronniers rendaient le boulevard invisible. Une douceur d'aquarium pénétrait par les hautes fenêtres. Il ferma les yeux et aspira à fond, tentant de saisir, dans les ultimes tréfonds de ses alvéoles pulmonaires, la fraîcheur ensoleillée de cette fin d'après-midi. Dans quelques heures, il serait à trois cents kilomètres de Paris, à Belange sous les frondaisons, le parc, le vieux manoir ancestral... L'enfance, la belle maison, les souvenirs, la famille, les racines, le repos, bref Belange.

Il s'y était toujours mortellement ennuyé.

Ce qui était incompréhensible, c'est qu'il y retournait avec une obstination de pithécanthrope.

Un conditionnement, une manie, un rite, on pouvait appeler cela comme on voulait, mais depuis des décennies, chaque vendredi, à dix-sept heures tapantes, il fermait sa maison d'édition, grimpait dans sa voiture et en avant pour Belange.

Trois cents bornes dont deux cents d'autoroute, et il retrouvait, dans l'ordre, l'odeur d'herbe, la grille, l'allée de tilleuls, la porte massive, la salle dite « des gardes », les hauts plafonds, son fauteuil, la piquette du père Furet, la tondeuse autotractée en panne et son lit à baldaquin...

On l'enviait. Certains visiteurs qualifiaient la maison de gentilhommière, d'autres allaient jusqu'à parler de château... Adrien acquiesçait, souriait modestement aux compliments, faisait visiter les salles, l'escalier du XIVe, les cheminées monumentales, et tandis qu'il soulevait les tentures et faisait les honneurs, il se demandait comment il pourrait bien se débarrasser de cette foutue baraque qui ne lui avait jamais apporté la moindre once de bonheur.

C'était étrange, il y avait pourtant connu de joyeuses soirées, quelques fêtes et, à une époque, il y avait amené quelques maîtresses chevronnées... Elles avaient poussé des cris, s'étaient extasiées et, avec une régularité de métronome, avaient toutes tenu à être possédées sous Aarus de Belange, l'aïeul, dont le portrait en pied s'élevait dans la bibliothèque. Adrien s'était d'ailleurs demandé pourquoi. Quelque chose dans les sourcils broussailleux et la sévérité exemplaire du regard devait les émoustiller. La robe de magistrat conférait au personnage une telle rectitude morale qu'elles devaient aimer se déchaîner devant lui en une sorte de profanation jubilatoire. Il incarnait la Loi, elles étaient le péché, il était le droit, elles étaient les courbes. Inébranlable et impavide, il les toisait ; affolées et lubriques et sous l'œil intraitable du juge, elles fondaient en stupre et en érotiques reptations. Mais peu, il faut bien le dire, étaient revenues... Une question d'ondes, comme si cet assemblage de pierres et de poutres n'avait pas réussi, au fil des siècles, à créer une chaleur amicale... Qu'est-ce qui rendait ces lieux si impalpablement inhospitaliers ?...

Adrien bâilla. Depuis une bonne vingtaine d'années, il pensait qu'un vendredi, un beau vendredi semblable à celui-ci, il se ferait la grande surprise... il pousserait un immense soupir, secouerait quelques siècles de poussiéreuse tradition et, à très haute voix, seul dans son bureau désert, il proférerait l'improférable : « Oh, et puis merde, tiens... j'y vais pas. »

Alors, les lumières disjoncteraient, tous les moineaux et pigeons de Paris s'envoleraient au-dessus des toits de la capitale, toutes les fanfares de la garde républicaine éclateraient, des légions d'anges envahiraient le firmament, et l'or vivant coulerait dans les rues nimbant Paris. Symphonies et concerti, cuivres et cordes, Beethoven et Johnny Hallyday, sonnez orchestre de la joie... Tsim, boum-boum... tralalalère...

Oui, un jour il en serait ainsi. Il se ferait un ciné dans son quartier, déambulerait dans les rues dominicales avec l'odeur d'asphalte et de gaz d'échappement ; il prendrait même le métro tiens... Depuis le temps... Porte d'Orléans-Clignancourt aller-retour, plusieurs fois, pour le plaisir... Allons, décidément, il n'y avait que la ville de vraie.

Adrien se leva. Pas pour cette fois encore. Belange l'attendait, intraitable, implacable. Peut-être était-il impossible d'y échapper. Peut-être était-ce une malédiction...

Il faudrait une psychanalyse. Pas question.

Tout cela était d'ailleurs la faute de Maman.

« Une maison vide est une maison morte, si ces murs ne perçoivent plus les bruits des voix ni l'air vicié des respirations, ils s'effondrent, tu as compris ce qui te reste à faire, Éliane ?

– Oui, Mère. » avait répondu Adrien.

Toute son enfance, elle l'avait appelé Éliane. Elle l'avait prévenu de très bonne heure :

« Adrien, je voulais une fille, tu es un garçon, je ne vais pas m'amuser à te mettre des robes et à t'obliger à jouer à la poupée, cela risquerait de te donner des tendances et j'ai horreur de ça ; simplement, je t'appellerai Éliane pour mon plaisir personnel. Rompez les rangs. »

Adrien avait quitté la chambre maternelle sans bien comprendre, il avait quatre ans à l'époque. Plus tard, sa mère lui confia que son désir était motivé par le fait qu'elle eût voulu que sa fille fût la première femme commandant de chars d'assaut. Elle avait pu se persuader pendant la guerre d'Indochine, et à Diên Biên Phu en particulier, que l'avenir et le succès des guerres futures seraient dans les tanks.

Les yeux d'Adrien se posèrent sur la photo qui ornait

son bureau ; le cadre était de facture tonkinoise. Elle lui avait appris qu'il avait été fabriqué par un prisonnier viêt-cong. Elle le fixait avec une étincelante absence de sourire. Elle portait l'uniforme de sortie et deux barrettes d'officier. Il réprima un frisson et songea qu'il ne possédait pas de portrait de son père. Celui-ci avait filoché si vite loin du domicile conjugal qu'aucun appareil n'avait été assez rapide pour l'immortaliser. Tandis que son épouse continuait à défendre l'empire colonial français sur tous les fronts contre les vents et les marées de l'Histoire, Félicien Beaurecourt sillonnait la région Languedoc-Roussillon en tentant de placer aux populations rurales des assurances incendie. Il avait laissé dans la mémoire de sa femme le souvenir d'un météore falot, d'une erreur monumentale et d'un plaisir chiche et maigrelet d'où était issu Adrien.

« Ce qu'il y a eu de terrible avec ton père, c'est qu'il suffisait que je le perde de vue cinq minutes pour que, dès qu'il réapparaissait, je n'arrive plus à le reconnaître. Quand il rentrait le soir, je me demandais toujours qui pouvait bien venir à cette heure-là. J'admets que le fait d'avoir eu à décliner son identité dans sa propre maison chaque fois qu'il y pénétrait ait pu l'agacer, mais on n'a pas le droit d'être aussi anodin ; ressers-moi du saint-émilion, Éliane. »

Adrien servait et écoutait, fasciné par la magnifique relation d'indifférence qui avait réuni ses géniteurs.

Sa mère donc, née Aphrosine de Belange, l'avait élevé seule et lui avait appris dès son entrée au cours complémentaire les rudiments essentiels de la guerre de mouvement, le choix du terrain pour la préparation d'artillerie et la méthode d'encerclement dite de la « double tenaille », dont elle était l'auteur. Elle avait tenu à ce qu'il prépare Saint-Cyr, et c'est la veille de son entrée à Coëtquidan, alors qu'elle passait au Miror, comme chaque semaine, sa médaille militaire et sa croix de guerre avec palmes, qu'il lui annonça, après bon nombre de bafouillis, qu'il avait décidé de faire une licence de lettres.

« Une licence de quoi ?

– De lettres », flûta Adrien.

Elle posa ses décorations et claqua des talons. Comme à chaque moment difficile de sa vie, elle prit instinctivement une position de garde-à-vous.

« Es-tu pédéraste, Éliane ? s'enquit-elle.

– Non, Mère. »

Il avait cessé de l'appeler « mon colonel » depuis l'obtention de son baccalauréat.

« Alors, le sang des Belange a cessé de battre dans tes veines, dit-elle. Tant pis pour la France, tant pis pour moi, tant pis pour toi. »

Elle avait réfléchi un court moment et avait ajouté :

« Déjà au temps des barboteuses, j'ai su que tu n'étais pas fait pour les armes, va ton chemin. Cela n'a peut-être plus d'importance, les portes de la Gloire et de l'Honneur se sont fermées depuis longtemps, le mot "Patrie" n'a plus de sens, je serai la dernière à m'en être attristée. Embrasse-moi Adrien. »

Pour la première fois, elle l'embrassa et lui donna son nom. Il lui en eut une reconnaissance éternelle et lorsque, sur son lit de mort, elle lui fit jurer de garder et de prendre soin de Belange, il jura. Elle parut soulagée, se raidit dans le premier garde-à-vous horizontal de toute l'histoire de l'infanterie coloniale, et, d'un coup de menton définitif, expédia péremptoirement son âme à Dieu.

C'est depuis cette époque qu'Adrien passait ses week-ends au manoir.

17 heures moins 10.

Tous étaient partis, de la standardiste au chef de fabrication. Il était seul dans l'empire des livres. Les Éditions Beaurecourt.

Huit ans déjà. Il les avait fondées au moment où tous ses collègues lui avaient assuré que l'humanité en avait fini avec les livres. Il avait eu droit à toutes les affirmations sur l'écroulement définitif de la galaxie Gutenberg, le primat incontesté et dévorant de l'audiovisuel, la crise incontestable qui secouait la culture, la tourmente qui ravageait les librairies, bref, plus personne ne lisait et l'édition était un champ de ruines. Il les écoutait attentivement, acceptait leurs montecristos numéro 2, leur armagnac millésimé et se laissait raccompagner dans leur récente Daimler. Il prenait bonne note, acquiesçait à tous leurs dires et, un matin, se regarda dans la glace. Il avait passé la trentaine, n'avait pas fait d'études particulièrement longues et brillantes, il était un type comme tant d'autres, semblable à quelques dizaines de millions de cadres. Un échantillon représentatif.

« Est-ce que tu aimes lire, Adrien ? se demanda-t-il.

– Oui. » se répondit-il.

C'était vrai. Pas à la folie, pas passionnément, mais beaucoup. Il en conclut que, n'étant pas un individu exceptionnel, il devait en être de même pour ses frères de race, et décida, avec le bon sens épais et l'audace hérités de son amazone maternelle, de devenir éditeur envers et contre tous.

Il passa une annonce et reçut dans la journée qui suivit deux manuscrits, une délicate plaquette de poèmes intitulée *Du sibyllin à l'hermétique*, écrite par un réfugié octogénaire et herzégovien, diplômé de l'université de Krasnoïe-Selo, professeur de versification et auteur d'une thèse intitulée : *Strates et structures parcellaires dans l'élaboration objectivale du non-dit*, le tout traduit du slovène.

Le deuxième envoi se présentait sous la forme d'un dossier à couverture sombre, semblable à un registre de comptes. Sur la première page, tracé à la main d'une plume élégante, s'étalait le nom de l'auteur : France Déglantine. Sur la deuxième page, il put lire le titre : *Viens là, salope, viens là*. Il parcourut les deux premières lignes :

« Turgescente et violacée, la matraque purpurine de Gérard-Jean jaillit du caleçon de soie chatoyante. Fabienne tressaillit et perçut au creux de ses reins le chant tiède encore des cascades futures. »

Adrien referma et resta dubitatif. Il venait de

comprendre que le métier dans lequel il pénétrait n'allait pas être de la tarte, mais serait indubitablement un excellent révélateur des tréfonds de l'âme humaine. Il se sentit néanmoins dans l'embarras.

C'est alors que Toussaint Fluppe téléphona.

À partir de l'instant où Toussaint Fluppe téléphonait, naissait la catastrophe, mais Adrien aimait bien Toussaint Fluppe, et il l'écouta comme à l'ordinaire. Toussaint Fluppe lui annonça qu'il lui envoyait, toute affaire cessante, un manuscrit. Ce n'était pas lui qui avait écrit, c'était un copain à lui qui était médecin – chirurgien exactement. En fait, ce n'était pas lui non plus, car ledit chirurgien ne savait pas écrire, mais il avait fait écrire son histoire par un cousin à lui qui, suivant l'expression consacrée, avait un joli brin de plume. Fluppe avait précisé que la trame était simple, ledit chirurgien, qui avait exercé trente ans au Gabon et avait sauvé des millions de vies, était menuisier de profession et n'avait jamais mis les pieds dans la moindre faculté de médecine. Considéré dans son village comme homme à tout faire, il avait dû soigner les habitants et, après s'être entraîné sur quelques phacochères morts et sur des singes de forêt, il était devenu un as du bistouri. De fil en aiguille, s'il est permis de s'exprimer ainsi, il fut considéré comme le plus grand chirurgien du continent, et procéda à quelques extractions d'appendices royaux et rafistola quelques prostates dictatoriales.

Toussaint Fluppe précisa que tout cela était évidemment légèrement bidonné, mais de toute façon, parfaitement invérifiable.

Deux jours plus tard, Adrien entra en possession du texte. Le chapitre sur le pansement à la banane et les vertus cicatrisantes de l'urine de gibbon lui parut un peu outrancier, il soupçonna même dans tout cela une vaste escroquerie, mais un instinct sourd l'avertit : il publierait le bouquin. Après quelques flottements – « De la tenaille au scalpel », « Les mains qui sauvent », « Le charpentier des corps » – le titre fut décidé : *Toubib-Toubab*. Succinct mais efficace.

Sur la couverture, un montage photos représentait une main blanche paternellement posée sur la tête rasée d'un souriant bambin noir.

Le livre n'était pas sorti que le long et interminable hurlement de la faculté de médecine se fit entendre. Pour leur premier livre, les Éditions Beaurecourt s'offraient le scandale de l'année, et leur propriétaire-directeur maudit Toussaint Fluppe. Il se calma dès l'arrivée des premiers chiffres. En un mois, il fut vendu trois cent mille exemplaires de *Toubib-Toubab*. Avec l'édition poche, le million fut dépassé. Le coup d'essai était un coup de maître.

Qu'est-ce que j'ai à me rappeler tout cela ? Qu'est-ce qui me prend ? Comme si j'avais atteint l'âge des bilans...

Il fallait qu'il se méfie de cette tendance à la nostalgie, c'était du temps perdu, et très certainement le colonel Aphrosine de Belange n'apprécierait pas.

Adrien jeta un coup d'œil sur le visage hermétique de sa mère et salua. Il la quittait jusqu'à lundi en service commandé, fidèle à sa promesse, il se rendait au manoir.

Couloirs vides et bureaux en désordre, il avait toujours l'impression, en traversant cette partie de la maison, de se trouver dans la coursive d'un cargo.

Vers où naviguait-il ? Autre histoire... Depuis les livres s'étaient succédé : romans, essais, reportages, albums... Avec le Renaudot il y avait quatre ans, il était entré dans la cour des grands et s'y maintenait. Il avait à présent ses propres montecristos et pouvait offrir des litres d'armagnac hors d'âge. Il avait même acheté la Jaguar, bien qu'il eût pour les voitures une aversion profonde.

Merde ! Les manuscrits !

Il rebroussa chemin et galopa vers son bureau. Il fourra les deux volumes sous son bras et ressortit. Il les lirait pendant le week-end, il en parlerait à l'équipe au cours de la réunion du lundi. Quarante-huit heures studieuses à prévoir.

Dehors, la douceur de l'air le surprit. Le passage d'un autobus fracassa son reflet dans les vitrines. Il s'examina : la quarantaine, pas de bide ou pas trop. Un léger dégarnissement pariétal, quelque chose de sportif dans les genoux et de mondain dans la cheville, un équilibre heureux entre l'habitué de Roland-Garros et l'invité à vie des cocktails Gallimard. Allons, conclut-il, pas besoin de me le cacher : j'ai l'air d'un con.

Erik Satie.

La même cassette depuis la nuit des temps. Adrien aimait cette façon de caramboler les notes, un élève irrespectueux emmêlant en douce sur un piano vénérable des mélodies trop sages qu'il transformait en espiègles facéties... Et puis ça l'avait changé de la marche du 131e régiment d'infanterie coloniale et de *Tiens, voilà du boudin* qu'Aphrosine aimait à faire retentir sur le pick-up du salon, les soirs de vague à l'âme.

Bientôt Le Mans.

Il décida de quitter l'autoroute. Le soir tombait et ce serait la bonne heure pour traverser les villages rougissant d'un soleil ras. Il connaissait les routes calmes, bordées de peupliers, les champs que l'ombre envahirait, et ce serait la Loire, le fleuve de brume aux îles multipliées. Les méandres montaient vers l'horizon. Un pays tendre où la pierre des églises prenait au crépuscule des couleurs de beurre... Un pays-tartine fragile et hors du temps...

Il enfila la bretelle de dégagement et passa le péage. Le tarif avait encore augmenté ! Dans sa guérite un petit monsieur grave. Adrien se demanda s'il était toujours présent à ce poste, si cette cabine était devenue un peu sa maison... Que faisait-il lorsqu'il ne rendait pas la monnaie ?...

– Bonne route, monsieur.

– Merci.

Adrien passa la première... un sujet de bouquin peut-être... un homme seul dans son péage... Les habitués qui passent, la solitude, sans doute lit-il, sa femme qui vient le voir, son casse-croûte à midi... Une thermos pour le café, la relève, une vie réglée. Et puis, un jour, construction d'une autre autoroute, son tronçon est désaffecté... il reste là, tout seul, à son poste, l'herbe envahit l'asphalte, les arbres poussent... il attend toujours, il meurt... Un squelette dans une cabine en ruine battue par les vents... Holà, holà, petit bonhomme, qu'est-ce qui t'arrive d'inventer des histoires pareilles ? Il y a quand même quelque chose à faire sur ce thème, j'en parlerai à Serpinot, si le sujet lui plaît, il peut pisser sa copie... Mauvais Serpinot, aucun style mais pro. Un nègre idéal.

Il mit les phares. Les notes s'égrenaient. À croire que Satie avait fait de la rétention musicale : élaborer une musique avec le minimum de sons, lâcher les doubles croches avec un élastique, une à une, en faisant traîner, goutte à goutte. Il mit les phares en arrivant à Baugé. Les noms familiers défilèrent dans le pinceau double des lumières : Saumur, Gennes, Les Rosiers...

Adrien soupira et regretta que le temps fût trop frais encore pour qu'il pût baisser la vitre afin de laisser entrer l'odeur de la nuit. Il aimait le parfum d'herbe et de brume qui montait, emplissant la voiture ; c'était l'instant où il se lavait de Paris, où tout retombait, les crispations, les attentes. Il ne restait dans l'habitacle qu'un homme baigné de lune, un corps paisible et débranché qui était peut-être lui.

Il distingua sur fond de ciel la silhouette des deux tourelles.

J'aurais peut-être dû emmener Micheline.

Le problème est que j'ai envie d'emmener Micheline, mais quand elle est là, j'ai une envie encore plus forte de ne pas l'avoir fait.

Bien mieux tout seul. Principe de base de toute vie. La solitude est la récompense des âmes nobles et bien trempées. Seuls en souffrent ceux qui s'ennuient avec eux-mêmes.

Les barreaux de la grille jaillirent et se collèrent doucement contre l'explosion jaune des phares.

Il coupa le moteur.

Il ressentit cette habituelle impression de noyade : il s'enfonçait soudain dans un océan silencieux. Une nage lente dans la ouate des profondeurs. La profondeur des hauts-fonds.

Les gonds grincèrent et il écarta les lourds battants, des parcelles de rouille se détachèrent et glissèrent sous ses ongles. Derrière la bâtisse, la masse indistincte des feuillages du parc se fondait avec les pierres des échauguettes.

La fraîcheur traversa le cuir trop fin de ses semelles. Il avait dû pleuvoir en fin d'après-midi.

Il passa devant l'ancienne maison des gardiens et fit sauter au creux de sa paume droite le lourd trousseau de clefs.

Les trois quarts du ciel étaient dégagés et il pensa qu'il ferait beau le lendemain. La lune pleine était d'une précision de scalpel lorsqu'il pénétra dans le hall. Il aspira comme à chaque fois l'odeur des boiseries et des tentures anciennes.

Il était à Belange.

EXTRAIT DU LIVRE D'HÉLÉNA BERTHOLD

Psychologie et vision du monde du squatteur

Entre nomadisme et sédentarité, la société a récemment inventé un être intermédiaire, empruntant aux deux attitudes humaines ancestralement opposées une part de rêve comme d'utilité.

Le squatteur n'est pas un vagabond puisque sa quête consiste avant tout à trouver un nid ; il n'est pas non plus un domicilié puisque, être d'illégalité, il sait qu'il devra d'une seconde à l'autre quitter un domaine qu'il aura parfois du mal à ne pas considérer comme sien.

Rien donc de plus éloigné du squatteur que le chemineau, homme de la route, rien de plus loin de lui que le pantouflard, individu installé, replié dans sa coquille.

Entre le croquenot de l'un et le chausson de l'autre,

le squatteur marche, s'arrête, repart au gré de sa chance et de sa roublardise.

(Chapitre 1, page 32)

Premier week-end – suite

Tentures, boiseries... il y avait autre chose. Difficile à saisir, c'était en fond de narine comme un relent... Adrien n'avait jamais senti cela, en tout cas pas à Belange. Il trouva l'interrupteur et appuya.

Le lustre illumina les caissons du plafond. Sur les dalles du hall, l'ombre d'Adrien s'étira.

Cassoulet.

Voilà, c'était ça, très exactement. Une odeur de cassoulet.

Il n'y avait jamais eu jusqu'à présent le moindre cassoulet dans cette très vénérable demeure. Aphrosine avait horreur de toute gastronomie évoquant, de quelque façon que ce soit, le Sud-Ouest, et lui-même allait manger, lorsqu'il était seul, dans un boui-boui de la région, ou le plus souvent se tapait, tout en bouquinant, une à plusieurs boîtes de biscuits fourrés de marque Choki, le macaron des petits amis, friandise hypersucrée et bourrative qui avait meublé son enfance de vagues successives d'écœurement et de désir.

Cela avait le double avantage de le dispenser de cuisine et de satisfaire un fantasme d'enfant : quand je serai grand, je mangerai des millions de kilos de Choki.

Il en avait des monticules dans un des placards de la cuisine et n'était pas près d'en manquer, veillant à ne pas se laisser démunir chaque fois que le tas baissait. Il possédait d'autres réserves mais pas de cassoulet.

À sa gauche, l'armure luisait amicalement de toutes ses ferrailles. Le bahut Louis XIII à trois corps se dressait au pied de l'escalier de pierre et, en haut, il retrouva Aarus l'observant avec cette acuité de prunelle qui transformerait le plus innocent des hommes en criminel nauséabond.

Rien ne manquait. Apparemment.

Simplement une odeur en plus.

Adrien pouvait, à certains instants, être un garçon d'ordre, aux déductions logiques.

Cette odeur de cassoulet indiquait une présence étrangère. Une présence étrangère dans un manoir signifiait cambriolage et cambriolage impliquait disparition, et si quelque chose ici devait disparaître, c'était la pendule.

La pendule de l'Empereur. Plus exactement la pendule que l'Empereur avait donnée à Masséna, et que le petit-fils du vainqueur de Wagram avait, trois quarts de siècle plus tard, revendue pour pouvoir satisfaire aux caprices d'Églantine de Richemont, également connue aux alentours de la Butte-aux-Cailles sous le sobriquet de Mado la Vorace, mais dont le patronyme pour l'état civil était Adrienne Floquet. Pendule finalement récupérée par Sébastien de Belange, frère aîné d'Aarus blessé à Sébastopol, à Queretaro et à Sedan.

Ce fut en tout cas le colonel Sébastien de Belange qui déposa sur la commode Empire de la chambre la fameuse pendule. Adrien l'avait contemplée, enfant, au cours des interminables après-midi d'été où il errait de pièce en pièce... Les volets étaient tirés sur la lumière trop forte et, les yeux levés, il fixait les trois Romains de bronze doré qui soutenaient de leurs bras musculeux le cadran de marbre. Sur le socle, à l'arrière, était gravée une inscription qu'il connaissait encore par cœur : AU PRINCE D'ESSLING, DUC DE RIVOLI, AU MARÉCHAL MASSÉNA, SON AMI ET EMPEREUR, NAPOLÉON.

« Ça vaut cher ? avait un jour demandé Adrien.

– Ces choses n'ont pas de prix, Éliane. »

Il en avait conclu que cela valait très cher. Deux ans auparavant, un ami antiquaire lui en avait d'ailleurs proposé une fortune.

Il partit au petit trot, enjamba les marches et pénétra dans la chambre verte. Avant qu'il eût éclairé, il distingua dans le rayon de lune le trio d'athlètes supportant le cercle des heures. Soulagement.

Elle était toujours là. Les trois antiques costauds étaient bien à leur place. Rien ne manquait. Tous les tableaux, les meubles. Il ouvrit la porte d'une armoire ; les piles de draps s'élevaient, murailles de lin et de toile. Rien n'avait bougé : les tapisseries, les bustes sur les consoles, même la photo d'Aphrosine. Qui, d'ailleurs, se serait introduit par effraction dans une gentilhommière pour s'emparer d'elle ? Le regard seul aurait cloué au sol, pétrifié, tout voleur éventuel.

Réfléchis, Adrien, réfléchis : une odeur de cassoulet. Le cassoulet se mange, il est donc du domaine de la cuisine. Si tu t'y rendais ?!

Il redescendit l'escalier et, sur l'un des paliers, s'arrêta.

Et s'il y avait quelqu'un dans ladite cuisine ? Là, ou ailleurs, quelqu'un qui lui bondirait dessus... plusieurs même, une tribu gitane entière, des évadés de centrale, des Bosniaques affamés, des Serbes faméliques, des auteurs évincés. Ils allaient surgir des ombres, de sous les lits, ils sauteraient de dessus les baldaquins, ils...

Plus froid que d'ordinaire.

Adrien sentit un fourmillement sous le derme de ses avant-bras. Chair de poule.

D'un week-end sur l'autre, il laissait le chauffage au ralenti, on lui avait appris que c'était bon pour les murs. Depuis des années, il pénétrait dans des lieux où la température était identique, réglée par thermostat, et aujourd'hui...

Ses yeux effectuèrent un panoramique inquisiteur et s'immobilisèrent.

La fenêtre centrale.

Le troisième carreau sur la gauche était cassé. Un arc de cercle parfait. Exactement ce qu'il fallait pour atteindre l'espagnolette et entrer. C'est par là que l'air s'engouffrait.

Adrien leva la main droite et décrocha la rapière du mur. Son poids le surprit. Les types de cette époque devaient être de sacrés malabars pour s'étriper avec ça. Il hésita entre elle et la hache d'arme du XIIe siècle, mais cette dernière lui parut d'une barbarie insoutenable. Éditeur dans le vent, il se vit mal en train d'enfoncer avec cet engin le crâne d'un amateur de cassoulet.

Au-dessus de la rondache qui occupait le centre de la panoplie, il pouvait également s'emparer de la pertuisane, mais en cas de combat dans un lieu étroit, il pouvait être désavantagé par l'encombrement. Du talon à la pointe, la lance dépassait largement les trois mètres. Il opta pour la rapière.

Allez d'Artagnan, haut les cœurs.

Il assura la poignée dans sa main et avança l'arme pointée. Je suis ridicule. Même Aphrosine doit sourire depuis les casernes célestes.

De l'extrémité de la lame, il poussa la porte et alluma la suspension.

Personne. Il baissa la garde.

Impeccable.

Impeccable, sauf...

L'assiette était au centre de la table. Un océan de sauce figée enchâssait des récifs de saucisse et de haricots. Le cassoulet aux parfums multiples et entêtants.

Un verre sur la toile cirée. Il était à moitié plein de canon-ségur 1978. Il était certain que c'était du canon-ségur 1978 parce que la bouteille était à côté.

– Allez, sortez de là, dit Adrien.

La porte du placard était entrouverte. Il se rappela

que l'espace entre les deux étagères était suffisamment grand pour que quelqu'un puisse s'y glisser.

– Sortez, dit Adrien, je vous laisse sortir, mais foutez le camp. Vous avez dix secondes.

Silence.

Et s'il était mort ? Un cadavre entre les piles de spaghettis et les réserves de petits pois extrafins.

D'un coup de pied, Adrien ouvrit la porte et aspira l'air avec peine. Personne. Vide. Adieu spaghettis, lentilles, pois chiches et raviolis. Il en avait des piles de boîtes, c'était pour les week-ends impromptus, lorsque surgissaient des copains... Ou bien il avait hébergé une horde d'affamés ou bien le type était doué d'un appétit de Biafrais.

De la pointe de l'épée, il retourna un sac inconnu qui se trouvait dans le fond. Qu'est-ce que c'était que ça ? En le déplaçant, il entendit le choc des conserves les unes contre les autres. Des ordures. Soigneux. Sans-gêne mais soigneux. Il écarta l'ouverture de plastique : le visiteur aimait le café. Les filtres usagés s'entassaient.

Il aurait pu balancer tout ça n'importe où, transformer Belange en champ d'épandage, en déversoir, en décharge municipale. Pas du tout. Tout rangé, impeccable... Merci pour vos bons soins, Cher Inconnu. Si je le trouve, je le pourfends. Et plus un seul Choki, évidemment !

Dans l'évier, une pyramide d'assiettes sales, des casseroles, deux poêles. Décidément, j'ai affaire à un méticuleux, mais pas pour la vaisselle.

Il se baissa : devant lui, les bouteilles en avaient pris un sérieux coup. En particulier le porto. Il restait un fond. Délicate attention.

Adrien pénétra dans sa chambre. Les draps étaient défaits.

Quelqu'un avait dormi là.

L'une des boîtes de petits pois extrafins, de marque Bardin – le légume du jardin – était placée, ouverte, sur la table de nuit et servait de cendrier ; au milieu du lit, un livre corné, page 178, Chateaubriand, *Les Mémoires d'Outre-Tombe*.

Ça se corsait.

Si les trimards se mettaient à lire les classiques, où allait-on ! Avec un sentiment de frustration très légèrement teinté de vexation, Adrien dut reconnaître qu'il n'avait jamais eu le courage de s'y plonger. Jamais rien eu contre Chateaubriand, mais la volonté avait dû lui manquer. Pas avouable pour un éditeur, mais il avait toujours subodoré dans l'auteur d'*Atala* un emmerdeur redoutable. Sans doute une erreur.

Il fallait se secouer. Il n'allait pas rester des heures l'épée au poing, à errer comme un vieux bretteur à l'âme en peine. Les gendarmes. Porter plainte ? Pour des spaghettis ? Même aux œufs frais, il y avait de quoi hésiter. Et puis, ils étaient tous aux œufs frais, il n'existait pas de publicité pour des spaghettis aux œufs non frais. Non, ce serait minable. Il dirigeait une boîte de trente-cinq personnes, fréquentait le tout-Paris, s'était fixé un salaire équivalant à vingt-cinq fois le SMIC, et viendrait pleurer qu'on lui avait volé pour deux kilos de pois chiches de marque Sultanine à 1,75 euro les deux cent cinquante grammes ? Même s'il ajoutait un demi-litre de Ricard et trois quarts de bouteille de Martini, quatre paquets de café pur arabica (Kelarôme), et s'il mentionnait les bocaux de saucisses aux lentilles qu'il s'était procurés en promotion trois semaines auparavant au cassage de prix d'un supermarché de Doué-la-Fontaine, il y avait de quoi passer pour un grippe-sou de la pire espèce. Un carreau cassé bien sûr, mais ça ne doit pas aller chercher plus de 20 euros. Si seulement il avait emporté Masséna et sa pendule.

Appeler Furet !

Voilà l'idée. Adrien, tu te retrouves. Le père Furet, paysan matois papelard retors benoît pervers alcoolique emphysémateux septuagénaire casquetté, finaud, j'en passe et des meilleures, est une sorte de préposé au gardiennage, tondeur de pelouses, coupeur de branches mortes, jardinier épisodique et ramasseur de fruits impénitent avec lesquels il se confectionne une eau-de-vie du tonnerre de Brest dont on m'a vanté les vertus curatives en cas de forte grippe, ce qui lui vaut dans le village une notoriété de pharmacien. Un coup de la goutte à Furet et c'est reparti à tout jamais. Soit les microbes sont désintégrés, soit le malade explose.

– Allô, m'sieur Furet ?

– Ouais.

– C'est Beaurecourt... Adrien Beaurecourt.

– Ah.

– Je vous réveille ?

– Non.

Coup d'œil à ma montre. Il est près de vingt heures. Il doit en avoir terminé avec son quatrième litre. Il a pas mal ralenti depuis la retraite. « Faut pas abuser » est son expression favorite.

– Dites donc, m'sieur Furet, vous vous êtes aperçu de rien ces temps derniers ?

– Hein ?

– À Belange, vous vous êtes aperçu de rien ?

– Non.

– Vous n'avez vu personne ?

– Qui ?

Adrien avait longtemps pensé que les mots de plus d'une syllabe devaient l'incommoder. Charmant par ailleurs, dévoué. Furet lui prenait pour tondre la pelouse le double du salaire mensuel d'un chercheur spécialiste en énergie nucléaire à la NASA, mais gentil.

– J'ai été squatté, dit-il. Il y avait un squatteur, sans doute depuis plusieurs jours. Vous ne l'avez pas vu ?

– Non.

– Très bien. Merci monsieur Furet. Je passerai vous voir demain.

– Hé !

– Oui ?

C'était contagieux, ça le prenait aussi.

– V's allez aux gendarmes ?

Une phrase entière : sujet, verbe, complément. Journée à marquer d'une pierre blanche. Il faudra bientôt le payer en dollars.

– Je les préviendrai. Je passerai demain.

Adrien raccrocha. Pas plus avancé. Il se faisait tard. Il n'avait pas faim. Ça tombait bien, il n'y avait rien à manger.

Il pivota lentement sur les talons. Peut-être était-ce le silence qu'il n'avait jamais vraiment supporté... Les tapisseries non plus. Celle où les damnés se contorsionnaient dans les flammes de l'Enfer lui avait flanqué, durant les années d'enfance, des trouilles folles. Il avait tellement pris l'habitude de clore les paupières de toutes ses forces lorsqu'il passait devant qu'à quarante ans passés il lui arrivait encore de fermer les yeux en montant l'escalier. Ce soir, les malheureux avaient l'air de griller encore plus qu'à l'ordinaire. Ses aïeux n'avaient décidément pas un sens aigu de la décoration rigolote.

« Le vent écorchait la surface du lac, arrachant à sa peau sombre des lambeaux d'argent fugaces qu'une lune minérale rendait plus éclatants encore. Cyril tendit les bras vers la comtesse et elle s'y jeta. Sous ses doigts, sous le rempart fragile de la soie du corsage, il sentit la taille de la jeune femme se ployer, et son parfum monta vers lui, noyant celui, nocturne, de la forêt toute proche. Au milieu du parfum des pins, il perçut celui, plus sucré, de la bouche, la laque rouge qui l'enflammait depuis leur premier baiser sur le parvis de Santa Maria Maggiore.

– Francesca, murmura-t-il.

Il mordit les lèvres peintes. Tous les fruits de tous

les jardins du monde... Il sentit son corps se cambrer et pensa que, dans le tumulte de sa vie d'aventures, une fois, au moins une fois, une certitude s'installait, évidente, éclatante : une fois, il aurait aimé. »

Il en fait trop.

Ce type vendait tout ce qu'il voulait lorsqu'il était sobre et, évidemment, il a voulu vendre plus, et il en a rajouté, surenchère et surabondance. Il travaillait dans la romance dactylo banlieusarde, et tout cela se déroulait entre La Garenne-Bezons et la gare Saint-Lazare ; maintenant il y a de la duchesse à chaque page, et ils s'étreignent entre le Rialto et le Waldorf Astoria. Le résultat, c'est qu'à force d'en remettre, les lecteurs n'y croient plus, grimacent, et qui est-ce qui y est de sa poche ? C'est bibi. Adrien soupira et posa le manuscrit sur la table de nuit.

Minuit passé. Les angelots dorés cernant le ciel de lit le regardaient de tous leurs derrières. Il bâilla. Il s'était tapé une sacrée vaisselle. Celle du squatteur. La poêle à frire, trois marmites, une passoire, des bols, les couverts... Chateaubriand. Marrant tout de même... quelle idée ! Il jeta un œil sur le côté et se trouva un peu ridicule : la garde de l'épée brillait dans la pénombre. Il l'avait placée là au cas où... En cas de retour de l'indésirable, il serait paré. Il avait également laissé une lumière ouverte dans le salon pour bien signaler sa présence et, malgré cette double précaution, il ne se sentait pas complètement rassuré.

– Je me demande si, fondamentalement, je ne suis pas un froussard.

Le son de sa voix ne le réconforta pas mais cela n'avait guère d'importance. Allons, il fallait dormir, demain serait un autre jour.

Si Aphrosine avait été là, elle aurait fait sonner le tocsin et charger les cavaleries pour annoncer au monde la profanation, mais, ne possédant pas le centième de l'énergie maternelle, je me contenterai de m'endormir.

Il éteignit.

Les ombres habituelles affluèrent. Fantômes d'aïeux ? Ils lui avaient toujours paru bienveillants. Aphrosine devait être parmi eux, la première arrivée, peut-être la dernière partie, c'est elle qui veillerait sur son sommeil, elle qui caresserait son front d'un doigt de courant d'air effleurant ce fils que, de son vivant, elle n'avait jamais touché.

Un curieux oiseau. Criard. Un véritable mastodonte qui avait fait fuir tous les autres. Peut-être un ptérodactyle. Pas fréquent dans la région. En tout cas, il donnait du gosier.

Il s'éveilla complètement, le tympan vrillé par la stridence du pépiement. Ce n'était pas un ptérodactyle. C'était pire, c'était Alfonso.

Bon Dieu, c'est vrai qu'il devait passer. Rien de sûr, comme toujours avec Alfonso, mais il était là, et bien là, impossible de ne pas l'entendre, à moins de se trouver à plus de deux mille kilomètres.

Adrien sautilla sur un pied, enfilant son jean avec peine. Je grossis. Les hanches.

Faites qu'il soit seul, faites que sa fille ne soit pas avec lui.

La trompe de la Lancia Aurelia GT 2500 signée Pininfarina dévasta l'espace une nouvelle fois.

– J'arrive, hurla Adrien.

Il traversa le hall pieds nus, happa à la volée une paire de vieilles baskets et émergea dans la lumière. Le soleil craquait de tous ses rayons sur les murailles de Belange, l'odeur des lilas et de ces fleurs violettes dont il n'avait jamais su le nom lui asticota les narines. Ses yeux s'humectèrent sous la violence du jour.

La grille gémit de tous ses gonds et, malgré le reflet du pare-brise, il aperçut à côté d'Alfonso la silhouette de Bastiane. Sans cesser de sourire, il poussa un gémissement intérieur et s'avança vers son copain. Alfonso fit claquer la portière et étira avec jubilation son mètre cinquante-huit.

– J'ai changé le klaxon, dit-il.

– Il m'avait semblé, dit Adrien.

– Il est d'origine, je l'ai fait venir de Turin. Le type l'a piqué pour moi chez un collectionneur, il l'avait monté sur une convertible B24S de 1959. Une hérésie non ?

– Impardonnable.

Bastiane ondula vers Adrien, ses hanches se moulaient dans un short string en jean effiloché. Son tee-shirt semblait lui avoir été greffé directement sur la peau et chacun de ses cils mesurait deux centimètres et demi.

– Hey, Adrien, feula-t-elle.

Elle se coula contre lui et il eut l'impression qu'une vague tiède le drossait sur le rivage.

– Hey, Bastiane, dit-il.

Elle sourit et prit une pose mi-lascive, mi-Greta Garbo. Le fait qu'elle eût douze ans et demi le désorientait considérablement.

– Je suis sur une Thunderbird 56, dit Alfonso, elle a appartenu à Eddie Constantine. Qu'est-ce que tu me conseilles ?

– Achète. Tu l'as d'ailleurs déjà décidé. Tu peux te payer ça, tu as déjà fait quatre-vingt mille entrées sur Paris.

Alfonso eut un long rire qui ressemblait à son klaxon. À force de s'occuper de vieilles voitures, il finissait par leur ressembler.

Ils s'embrassèrent. C'était la nouvelle mode, tous les hommes s'embrassaient autour de lui depuis quelque temps.

– Et moi, j'y ai pas droit ?

Il plaqua un bisou rapide sur la tempe de la mignonne en effectuant simultanément un petit bond en arrière. Il se méfiait ; la dernière fois elle l'avait plaqué contre un mur, et il avait eu l'impression d'être collé à l'embout d'un aspirateur.

– On va au village, dit-il. Je n'ai plus de café, je n'ai plus rien, j'ai été squatté.

– Je sentais bien ce film, dit Alfonso, il avait tout

pour faire un flop et personne n'a misé dessus. Moi je l'ai senti.

Classique. Alfonso n'écoutait jamais et ne parlait que de ses productions. Un jour, Adrien avait dit :

« Alfonso, je vais te tirer une balle dans la tête dans les dix secondes qui viennent.

– En fait, avait répondu Alfonso, l'intervention du réalisateur dans l'écriture du scénario se révèle à quatre-vingt-dix pour cent catastrophique. »

Adrien n'avait pas insisté et, dès cet instant, il avait décidé de ne pas être entendu. Ils étaient deux amis qui ne communiquaient pas, c'était d'ailleurs sans doute la raison pour laquelle ils le restaient. Ils se contentaient de faire des affaires ensemble, et ce n'était déjà pas si mal.

– Je fais la tambouille à midi, annonça Alfonso, Bastiane épluchera les légumes.

– Ouaou ! souffla Bastiane.

Elle avait tendance à faire « ouaou » pour un grand nombre de choses. S'il avait dit : « Je vais te prendre avec violence et volupté contre la porte de la grange », elle aurait aussi dit « ouaou ». Une sorte de négation du langage articulé.

Tout était très gai dans le soleil. Ils partirent faire des courses, la capote rabattue. Adrien, cramponné au siège, le souffle coupé par le vent, les oreilles sciées par ce qu'Alfonso appelait le chant des cylindres, maudit la passion de son copain pour les bagnoles surpuissantes, surtout celle-ci dont la carrosserie d'un rose crémeux attira immédiatement sur le parking du supermarché une bande de rockers Maine-et-Loire. Lorsque Bastiane émergea de la Lancia, Adrien vit le groupe chanceler et certains commencèrent à ruisseler à l'intérieur de leur Perfecto.

Elle cambra les reins, projeta sa chevelure en un tourbillon rapide, battit des cils, brilla des quenottes, se lissa les fesses et arrondit sa bouche.

– Ouaou, conclut-elle.

Adrien n'osa plus regarder le groupe. Ils devaient ramper sur le sol, essayant de mordre l'asphalte desséché.

Ils emplirent le coffre de victuailles et revinrent. Ils déjeunèrent au soleil en buvant un vin du pays qui sentait la framboise et mordait les gencives. Bastiane tenta, durant tout le repas, de faire du pied à Adrien qui, à force de reculer, faillit tomber de sa chaise, et Alfonso expliqua les raisons pour lesquelles il pensait être en passe de devenir le plus gros producteur de cinéma du monde.

– Le secret de la réussite d'un film est simple, il tient en deux principes. Le premier est de ne jamais perdre le public de vue, le deuxième est que ce public doit avoir trois caractéristiques : il doit être familial, international et multigénérationnel. Quand tu t'aperçois que les chiffres sont les mêmes à Tokyo, à New York et à Ouagadougou, tu peux être sûr que tu tiens quelque chose, mais ce qui est essentiel...

La voix s'affaiblissait, Adrien renversa la tête vers le ciel bleu. Heure de sieste. Trop bu, trop mangé... S'il se laissait aller, il n'aurait jamais le temps de lire les manuscrits emportés. Sur la table, les restes coagulés au fond des assiettes vibraient dans la chaleur du soleil. La trémulation infime des sauces froides nappées de plaques mordorées... Au fait, cela me fait penser que je ne me suis pas occupé du squatteur. Même pas prévenu les gendarmes. Je m'étais promis de passer. Oh, et puis la barbe. On est trop bien pour bouger. Si je m'en fumais une ?...

– ...et si l'on cherche bien, on finit par trouver un troisième principe : un film qui marche n'est jamais con. Loi absolue. Même mon dernier, à première vue, tu peux le croire, c'est vrai que c'est pas épais comme histoire, et quand le personnage perd son pantalon au rayon des soldes des Galeries Lafayette, tu peux penser que vraiment, les scénaristes – ils étaient sept – se sont pas défoncés. Et c'est vrai aussi que lorsqu'il reste accroché au lustre après l'explosion de la bonbonne de gaz, tu te dis que ça ne flotte pas haut. Eh bien, c'est là justement qu'est l'erreur. Quelque part, je dis bien quelque part, pas partout, ça vole plus haut qu'on croit. Il te reste pas un peu d'armagnac ?

Adrien hocha la tête et servit une rasade impériale. Il avait fait le plein le matin même. Il avait réparé les manques dus au squatteur.

Alfonso avala une bouffée géante de fumée de havane et réalisa trois cercles parfaits successifs.

– Et même quand il tombe dans la cuve de chewing-gum, on peut faire la fine bouche, mais moi je dis que dès qu'il y a des rires dans une salle, quelque chose a été atteint, ébranlé au tréfonds des subjectivités, et ce quelque chose n'est pas si facile que ça à détecter.

Bastiane chassa avec lenteur une mouche obsédante et balança à Adrien une œillade à faire crouler les échauguettes.

– Une balade, lui dit-elle. Tu m'emmènes dans les collines ?

Il vit surgir le président, les deux assesseurs, le buste de Marianne et tout ce qui contribuait à donner à un tribunal d'assises son charme si particulier.

« Attendu que le sieur Beaurecourt a été convaincu d'attentat aux bonnes mœurs sur la personne de Mlle Bastiane Berzigolio, mineure, et qu'après l'avoir entraînée dans les collines... »

– Il n'existe aucune colline à moins de cent kilomètres, dit-il, et en plus, je dois lire deux manuscrits.

Elle eut un mouvement de buste qui évoqua une fraction de seconde un raz-de-marée au large du cap Horn et l'envol du *Hindenburg* au-dessus de Nuremberg.

– Ouaou, chuinta-t-elle. J'ai compris, les vieux cons ensemble.

Les deux hommes la regardèrent s'éloigner sur la prairie.

– Elle marche tout le temps comme ça ? gémit Adrien.

Alfonso parut rêveur.

– Depuis qu'elle a lâché sa dernière poupée. Elle cherche à ressembler à une barque dans la tempête.

– Elle y arrive. Elle t'a dit ce qu'elle voulait faire plus tard ?

– Cover-girl. Ou alors maîtresse d'un type rupin. Un Onassis, mais en moderne.

– Belle génération, dit Adrien. Je vais bosser.

– Même en week-end ?

– Même en week-end.

– J'ai un projet, dit Alfonso. Je t'en parlerai ce soir.

– C'est ton *Don Quichotte* ?

C'était une vieille histoire, les productions Berzigolio tentaient depuis cinq ans de monter le chef-d'œuvre de Cervantès, mais en moderne. Rossinante était un ordinateur surpuissant, les moulins des multinationales japonaises, et Sancho Pança s'empiffrait de hot dogs à Wall Street. Quant à Dulcinée, elle était standardiste chez ITT.

– Non, c'est mieux. Je reprends *Spartacus*.

– Avec qui dans le rôle ?

– Deneuve.

Adrien s'efforça de respirer lentement.

– Catherine Deneuve ?

Alfonso acquiesça.

– La version féminine, dit-il. La révolte d'une esclave.

– Courageux, dit Adrien.

Il fit beau durant tout le week-end. Le soir, ils regardèrent le film traditionnel en buvant un vin doré dont le raisin poussait dans une vallée proche, et Adrien échappa par deux fois aux attaques-surprises de la belle Bastiane. Elle faillit le coincer contre la cheminée monumentale, et il ne dut son salut qu'à une paire de pincettes avec laquelle il la menaça.

Le dimanche soir, vers dix-huit heures, alors que le gros de la chaleur quasi estivale s'était enfui, il fourra tout ce qui restait comme provisions dans le réfrigérateur, et, mû par un instinct idiot, il écrivit au marqueur sur une feuille A4 qui traînait sur la table les lignes suivantes :

« Si vous revenez, continuez à ne rien casser, vous pouvez finir ce qui reste dans le frigo, mais par pitié, faites la vaisselle. »

La Lancia aux nuances buvard franchit la grille la première et, en père peinard, Adrien Beaurecourt prit à son tour la direction de la capitale.

Extrait du livre d'Héléna Berthold

Psychologie et vision du monde du squatteur

Il apparaît vite évident chez le squatteur clandestin – c'est sur cela que porteront essentiellement nos travaux – que le plus clair de son activité consiste à faire croire à son inexistence. Il se trouve donc réduit à une tâche inverse de celle du commun des mortels : il cherche à s'affirmer comme n'étant pas là alors que les autres tentent désespérément de prouver, sur un plan personnel ou professionnel, qu'ils y sont pleinement.

S'il veut persévérer dans sa fonction, il doit donc se constituer en antipersonne ; être ou ne pas être n'est pas sa question, il lui faut, lui, ne pas être pour être.

(Chapitre 2, page 41)

Deuxième week-end

– Et c'est à ce moment-là que je lui dis : « Ce n'est pas parce que votre commode a les pieds cambrés, un tablier à coquilles et un dessus de marbre mouluré qu'elle est obligatoirement Régence. » Tu es d'accord avec moi ?

– Complètement.

– Et tu sais ce qu'il me répond ?

– Aucune idée.

– « Si, parce que c'est uniquement pendant cette époque qu'on utilise cette technique. » Incroyable, non ?

– Dément.

L'aiguille effleura le cent cinquante à l'heure. Adrien leva légèrement le pied. Depuis quelque temps, il collectionnait les excès de vitesse.

– Alors tu sais ce que je lui ai rétorqué ?

– Non.

C'était exaspérant cette habitude qu'elle avait de lui demander sans arrêt ce qu'elle avait répliqué à quelqu'un qu'il n'avait jamais vu, au sujet d'un problème dont il se moquait éperdument. Le plus fort est qu'à chaque fois elle paraissait un peu étonnée qu'il ne le sache pas, ce qui lui donnait mauvaise conscience. S'il l'avait aimée, sans doute l'aurait-il su...

– Je lui ai simplement fait remarquer que même dans une commode en tombeau à pieds courts, à décor chinois et estampillée, on ne pouvait pas obligatoirement parler d'époque Régence.

Elle alluma sa quinzième gauloise sans filtre depuis Paris, et lâcha une bouffée qui asphyxia Adrien.

– Je dois avouer, précisa-t-elle, que cette dernière remarque l'a proprement démonté.

– Je m'en doute.

Elle sourit au paysage.

– Il était scié.

Il acquiesça.

– Complètement scié.

Elle eut un rire de gorge à l'évocation de ce doux souvenir.

– Totalement scié le mec.

Ça aussi, c'était horripilant, cette manie de répéter, de renchérir sur ses victoires...

– K-O, comme un boxeur. K-O debout...

Pourléchage de babines. Miam-miam, comme c'était bon.

– Scié.

On va finir par le savoir. Comment il était déjà ce mec ? Ah oui, il était scié.

Les volutes bleues de tabac gris flottaient en écharpes. Il avait l'impression de se trouver assis, par une aube brumeuse, en novembre, les fesses dans un marais de Sologne. Mais alors, demandera un observateur innocent, pourquoi ne pas descendre les glaces et aérer ? Trop simple. Car ç'aurait été oublier que Madame avait des verres de contact, et le moindre courant d'air, le plus infime souffle pouvait entraîner des résultats abominables : irritation de la cornée, inflammation de l'iris, assèchement immédiat des pupilles, désertification des humeurs aqueuses, orbites creusées instantanément, souffrances indicibles, chute des lentilles... alors il fermait bien tout, à double tour.

– Et au moment où je croyais que la discussion était close, tu ne sais pas ce qu'il trouve de mieux à me dire ?

Adrien eut un gémissement intérieur. Mais pourquoi est-ce qu'il l'avait emmenée ? Qu'est-ce qui avait pu lui prendre ! Il le savait bien pourtant qu'elle était insupportable, qu'elle lui flanquait le week-end par terre, qu'il allait encore falloir courir les brocantes, que ce serait le bordel, qu'il devrait l'assommer tout de suite, la ficeler sur l'autoroute, l'écraser au bulldozer, la...

– Tu n'as aucune idée de ce qu'il a trouvé de mieux à dire ?

– Aucune idée.

Elle eut un léger hennissement de triomphe.

– Il a fait très fort, et ça mérite d'être encadré ; il a dit, textuellement : « Si vous ne tenez pas compte du profil galbé et des ciels de lampes à médaillons, alors évidemment on ne parle pas de la même chose. »

Durtal. Cinq kilomètres. Le soleil serait rouge sur Belange. Ils y seraient dans trois quarts d'heure.

– Tu te rends compte ?

– Oui.

– Inouï, non ?

– Inouï.

Il l'avait rencontrée deux ans auparavant dans un vernissage, à l'exposition d'un sculpteur tchétchène venu directement de la taïga sud-sibérienne. Il avait traversé deux continents sur son âne, avec un sac de cailloux sur le dos. Parti de Tomsk, il avait déposé son fardeau, en plein milieu d'une galerie du faubourg Saint-Honoré, après l'avoir préalablement trempé dans la peinture. Il en avait retiré une fortune colossale et était reparti en Porsche Carrera, sans doute pour aller chercher un autre sac. Personne n'avait revu l'âne.

C'est ce soir-là qu'Adrien s'était trouvé pour la première fois devant Micheline. En trois bouffées de gauloise sans filtre, elle l'avait enveloppé d'une gangue floconneuse et irrespirable, et l'avait noyé sous un déluge de remarques apparemment pertinentes sur les mérites comparés du lustre à pendeloques fin XIXe, et des lanternes vénitiennes. Il ressortait de tout cela qu'elle était antiquaire. Comme dans la profession qu'exerçait Adrien, la possession d'une maîtresse représentative était quasiment indispensable, il pensa que Micheline, créature n'ayant jamais mis la même robe plus de trois fois et capable de tenir la jambe à n'importe quel secrétaire d'État à la Culture, était la femme idéale.

Malheureusement, il fallait aussi supporter ses péroraisons permanentes, et il devait reconnaître qu'au lit elle manifestait beaucoup moins d'enthousiasme que devant l'une de ses spécialités, la commode Pompadour en bois de placage frisé, surtout si elle possédait deux tiroirs ouvrants à chutes angulaires.

Non allez, j'exagère, ce n'est pas complètement vrai. Il y a eu de bons moments dans les premiers temps, elle a eu sa période petits soins. Pendant un bon mois, elle a tenté de transformer mon deux pièces de la rue des Martyrs en bonbonnière. Aidée de sa copine tapissière, elle m'a enseveli sous les cretonnes. C'est déjà effroyable en soi la cretonne, si vous recouvrez le Stade de France de cretonne, vous commencez à étouffer, alors dans un petit espace, on peut imaginer. Mais le pire, ce sont les fronces, les ruchés, toutes ces boursouflures, ces phlegmons, ce n'était plus une chambre, c'était une attaque de furonculose, et le tout dans les roses, et pas n'importe lesquels, des roses anciens. Elle m'assenait des noms techniques : Pompadour, Trianon, Marie-Antoinette, je m'extasiais, j'applaudissais, je trépignais d'admiration, mais il n'y avait rien à faire, ça ressemblait quand même à du vomi. Je me réveillais chaque matin en sueur, j'avais l'impression d'avoir été malade durant la nuit et d'avoir rendu partout...

Ça y est, la première goutte.

Elle venait de s'écraser sur le pare-brise. Pas de quoi mettre les essuie-glaces mais ça violaçait pas mal vers l'ouest. Pourquoi les week-ends avec Micheline étaient-ils à quatre-vingt-dix pour cent pluvieux ? Il ne pouvait s'empêcher de trouver une corrélation entre sa présence et l'état déplorable de la météo. Étrange tout de même, je suis un garçon rationnel, raisonnable, sensé, et je ne peux m'empêcher de penser qu'elle y est pour quelque chose, c'est plus fort que moi. Cette femme s'y prend de telle manière qu'elle attire les dépressions anticycloniques. Quel con je suis, mais quel con ! Je n'ai même pas envie de faire l'amour, ni avec elle, ni avec personne...

Je pouvais prétexter du travail, une grippe, un voyage, n'importe quoi, et je serais là, tranquille, tout seul dans ma voiture avec un ciel dégagé, j'écouterais Erik Satie alors qu'elle continue à m'abrutir avec ses histoires de pieds galbés, quadruples tiroirs de dentelle de machin-chose, que je te défoncerais ça au sabre de cavalerie, à la hache d'abordage, à la pelleteuse, au rouleau compresseur, au B52, au napalm.

– En fin de compte et comme je lui disais que, de toute façon, je ne comptais pas l'acheter car il n'était pas très sûr que les linteaux et les abattants fussent de l'authentique Coromandel, tu sais ce qu'il a eu le front de m'affirmer ?...

La violence de l'orage qui éclata le dispensa de répondre. Il mit les lumières et, dans la clarté des phares, la pluie sembla horizontale, le paysage disparut, noyé sous les trombes. C'est parti pour le week-end, pensa-t-il.

« Vaisselle faite comme demandé.

Comme vous le constaterez, j'ai changé le carreau cassé. Merci pour l'autorisation de vider le frigo. Je vous ai laissé du saint-émilion (excellent). Bon week-end. »

Gonflé.

Très, très gonflé.

Mais sympa si l'on y réfléchit.

Adrien ouvrit la porte du buffet.

Exact.

Les piles d'assiettes rutilaient, les casseroles étaient à leur place, les couverts impeccables.

Les rafales secouaient les vitres. Le temps qu'il coure de la voiture jusqu'à la porte, il était trempé, et des gouttes coulaient sur ses joues.

Il entendit les talons de Micheline pétiller au-dessus de sa tête.

Ce type était vraiment installé chez lui. Au fond, ils se partageaient la maison : lui y passait le week-end, l'autre le reste de la semaine.

Tout était évidemment de sa faute : il n'avait pas prévenu les gendarmes, et le petit mot qu'il avait écrit dans un accès d'humanitarisme aussi inopiné que ridicule équivalait à un blanc-seing : « Allez-y, faites comme chez vous, contentez-vous de ne pas mettre le bordel, mais entrez donc cher Monsieur, cette maison est la vôtre. »

Belle écriture en tout cas. Et pas de fautes d'orthographe. Une distinction même dans la formulation : « comme vous le constaterez... ».

Pas du tout le style loubard, maillot de corps, kil de rouge, poignet de force, dent de requin et blue-jean gras. Une classe certaine. Si l'on étudiait la calligraphie, une approche graphologique permettrait de distinguer une forte tendance à l'optimisme (la barre des *t* monte), une volonté certaine (le trait est appuyé), une intelligence manifeste (liaisons simplificatrices entre les lettres permettant un gain de vitesse), une sensibilité profonde... Mais qu'est-ce que je fabrique, moi, je ne vais pas lui proposer en plus d'éditer ses œuvres complètes... Installez-vous à Belange, bouffez mes réserves, buvez mon gamay, dormez dans mon plumard et usez de mes livres.

– Adrien !

Il se figea. L'appel de Micheline venait de la chambre qu'ils occupaient habituellement. Et si l'intrus s'était endormi ? Elle l'avait découvert, ivre sur la couverture, elle gisait évanouie, la syncope instantanée... il se rua hors de la cuisine.

– J'arrive.

Les marches de l'escalier fusèrent sous lui. Il pila net. Et si le visiteur ne dormait pas ? S'il l'avait attaquée par-derrière, elle se débattait tandis qu'il tentait de la violer, gros vagabond lubrique, aucun respect pour les antiquaires. Il décrocha par réflexe le sabre d'infanterie modèle 1751 modifié 1817 que le colonel Samuel Cyriaque Odilon Sérafin de Belange avait porté au siège d'Utrecht, et il fonça dans la chambre.

Elle était là, droite, immobile et en excellente santé.

Il y eut un silence.

– Qu'est-ce que tu fais avec ça ?

– Avec quoi ?

– Avec ça...

Il loucha sur le sabre qu'il tenait à la main et se stupéfia lui-même par la banalité de son explication.

– Une souris, dit-il, peut-être un mulot, il m'a semblé la voir, alors j'ai décroché, sans réfléchir.

Elle le fixait. Il y avait une chose qu'il n'avait jamais pu surmonter : lorsqu'il mentait, il ne pouvait plus s'arrêter. Il avait l'impression que l'abondance des raisons était nécessaire pour étayer.

– Juste sur le palier, elle a filé à deux pas de moi... C'est déjà arrivé. Je ne sais pas où elle a pu passer, mais c'est comme ça avec ces bêtes, on ne sait jamais... sans doute par un trou, mais quel trou ? Ça, difficile à savoir parce que si on le savait, on le boucherait, tiens pardi ! Ah, ah, ah ah, mais elles sont trop malignes, enfin bref, je n'avais que ça sous la main, alors hop, je l'ai pris, ceci expliquant cela. Comique non ?

Elle inspira lentement et articula avec douceur :

– Tu n'as pas chaud ? Pas de sensation de fatigue ?

– Ça va, dit-il, forme olympique.

Elle avait un air d'infirmière suspicieuse et compétente qui l'agaça.

– Tu m'as appelé, demanda-t-il, pourquoi ?

Le doigt fuselé, manucuré, impératif et tendu de la jeune femme pointa sur un rectangle de papier placé sur l'oreiller.

Adrien se pencha et lut :

« J'ai changé les draps. »

Il en fait un peu trop, pensa-t-il en se redressant.

– Tu peux m'expliquer ?

Jalouse évidemment ; le bilan était en fait facile à faire : elle était bavarde, mondaine, frigide, enquiquinante, antiquaire et jalouse.

– C'est le squatteur, dit-il.

Toute l'éducation de Micheline ne parvint pas à contenir le haut-le-corps qui la secoua.

– Le quoi ?

– Le squatteur. Je voulais t'en parler dans la voiture mais...

Le geste qui suivit signifia qu'il aurait fallu, pour qu'il y parvînt, qu'elle lui ait laissé une opportunité, si faible soit-elle, mais que, noyé sous les commodes Régence, il n'avait pas pu en placer une.

– Qu'est-ce que c'est que cette histoire de squatteur ?

Elle avait une façon de prononcer le mot qui lui donna l'impression qu'elle avait soudain un cancrelat dans la bouche.

– Eh bien voilà..., commença-t-il.

Deux heures plus tard, il préparait le repas. Deux tranches de jambon cerclées de chips.

Micheline descendit. Elle avait changé de tenue et portait une robe extrêmement démodée. Tellement démodée qu'il était indéniable qu'elle incarnait le sommet de la mode.

– Magnifique, dit-il, grand col, jupe droite, ma mère portait la même le jour de la libération de Paris.

– Qu'est-ce que cela ? demanda-t-elle, négligeant la remarque.

Adrien suivit le regard.

– Des chips, dit-il.

– Ah !

L'exclamation frisait si violemment le reproche qu'il sentit l'habituelle vague de culpabilité l'envahir. Peut-être n'avait-elle jamais vu de chips, ou alors sous cellophane, dans des vitrines de quartiers pauvres.

Elle se tourna vers la fenêtre. La nuit était tombée et la pluie incessante courbait les herbes grises dans une lueur de fin de planète.

– Je pensais au restaurant..., dit-elle.

Adrien sourit avec affabilité.

– Bien sûr, si cela te fait plaisir, nous pouvons en effet...

Il bloqua net.

Merde. Le match ! Il avait failli oublier. Merde et merde.

Pas n'importe lequel en plus. France-Angleterre. Un choc de titans, une rencontre à voir au moins une fois dans sa vie, impossible de manquer ça. Dans vingt-cinq minutes, le coup d'envoi. Il avait toujours adoré le football.

– Tu n'as pas fini ta phrase, susurra-t-elle. Tu étais en train de me dire que nous allions au restaurant.

– Eh bien justement, je viens de penser que cela pose en fait un petit problème.

Elle glissa dans sa voix quelques pots de miel et plusieurs brassées de roses.

– De quel petit problème s'agit-il, Adrien ?

Il avala avec précaution une demi-cuillère à dessert de salive.

– France-Angleterre. C'est retransmis. Sur la 2. En direct.

Difficile d'évaluer le poids d'un silence. Celui-ci devait faire dans les trente tonnes. Peut-être légèrement plus.

– Parfait. Je lirai pendant ce temps. En digérant mes chips.

Elle allait murmurer : « Charmant week-end. » À tous les coups, elle allait le dire. Elle le disait toujours. Avec l'œil au ciel. Comme Jeanne d'Arc piétinant les braises.

– Charmant week-end !

Je suis un salaud, pensa-t-il, elle vient, elle s'habille, elle s'attend à se trouver dans une hostellerie douze-étoiles, avec garçons en frac, bouteille saint-sacrement et voix sucrées : « Nous vous proposons ce soir un soufflé de cœurs d'hirondelle sur lit de pleurotes avec un feuilleté d'aubergines aux trois épices et aux deux poivres à la façon du chef. » Au lieu de cela, pluie, chips et football. Elle risquait de ne pas apprécier. Elle arrondit la bouche avec préciosité et lâcha onctueusement :

– Nom de Dieu de bordel de merde !

Elle est fâchée, se dit Adrien.

Il était toujours frappé du contraste que formaient l'extrême vulgarité du propos et l'exquise délicatesse avec laquelle il était prononcé. Un faible frisson de protestation le parcourut.

– Mais enfin, Micheline...

Le sourcil droit de la jeune femme s'incurva en forme de pagode chinoise. Dans ces moments-là, sa ressemblance avec Orson Welles s'accentuait. Un Orson Welles maigre et antiquaire.

– Oui, souffla-t-elle, tu peux continuer, lorsqu'on dit « mais enfin, Micheline », c'est qu'il va y avoir une suite. Je l'attends.

Je pourrais la tuer, pensa-t-il, la découper avec la tronçonneuse du père Furet et mettre les morceaux au congélateur, ça ferait des biftecks pour le squatteur.

– Écoute Micheline, la situation n'est pas désagréable, et je ne demande pas grand-chose, nous sommes à Belange et...

La pagode chinoise s'amplifia et se transforma en temple japonais.

– En effet, je suis à Belange, il pleut à verse, tu veux me faire avaler des immondices sous vide et me faire croire que tu as un locataire clandestin, tu vas regarder la télévision toute la soirée pour y voir des crétins en short courir dans tous les sens, eh bien non. Je pars.

– Mais, Micheline !

Et voilà, une nouvelle fois le scénario se déroulait, toujours identique ; elle allait décrocher le téléphone pour demander un taxi, il l'en empêcherait, pour la consoler il la calmerait un peu, au mieux ils auraient une étreinte bienséante et les choses repartiraient.

– Je vais appeler une voiture.

Il soupira et la rejoignit dans le hall. La maison tout entière était remplie d'un bourdonnement sourd et liquide. La pluie ne cesserait jamais...

– Ne sois pas idiote..., dit-il. Tu vas rester, je t'emmène manger et nous allons parler.

– Je me demande bien de quoi.

– De nous.

Voilà, c'était dit. Il fallait bien finir par le faire. Ils ne pouvaient plus continuer comme cela, leur couple ne tenait plus debout, et de faux-semblant en faux-semblant, ils en arrivaient à se faire une vie infernale... Allons, c'était décidé, il poserait le problème nettement et sans ménager chèvre et chou. Ils étaient deux adultes sensés, chacun d'eux n'en était pas à sa première rupture, et tout se passerait bien. Il n'irait pas par quatre chemins, il l'avouerait : Micheline, je ne t'aime plus. Non, pas la peine de rêver, il ne pourrait jamais prononcer la moindre phrase d'allure fatidique.

– Ça tombe bien, dit-elle. J'allais également te le proposer.

– Tout est donc pour le mieux et...

– Adrien, j'ai rencontré quelqu'un.

Adrien Beaurecourt se figea. Même dans ses espoirs les plus fous, il n'aurait osé espérer solution plus satisfaisante. Le ciel s'ouvrait... Puis il sentit un vent amer le pénétrer.

Kelcun.

Depuis l'enfance, les filles qu'il connaissait finissaient toujours par rencontrer Kelcun. Et ce Kelcun avait chaque fois pour lui la même apparence : beau, ténébreux, anonyme, envoûtant, une sorte d'espion mondain, langoureux, brillant, séduisant et, il ne savait trop pour quelle raison, gominé. Étrange que ces deux syllabes fassent surgir l'image d'un Rudolph Valentino à la chevelure plaquée et huileuse. Il savait évidemment qu'il n'en était rien, mais c'était plus fort que lui, l'image surgissait, impérieuse et évidemment humiliante, car il n'y avait aucun doute qu'il ne faisait, à côté, pas du tout le poids. Face à Kelcun, personne ne miserait lourd sur lui ; de longs cils ombreux, un sourire mystérieux, un peu las mais cependant éclatant.

Une fois, il était encore à la faculté, alors qu'il était férocement amoureux d'Émilienne Chalonnet, fille des établissements Chalonnet spécialisés dans les moulins à légumes, elle lui avait annoncé avoir, elle aussi, rencontré Kelcun. C'était un type que les filles croisaient partout et il se souvint avoir pensé que ce type sortait décidément beaucoup. Trois semaines plus tard, toute douleur apaisée, il avait revu Émilienne – il se rappelait que c'était rue Champollion, à hauteur des cinémas – au bras de son amant. C'est ainsi que, pour la première fois de sa vie, il se trouva face à face avec celui-qu'elles-finissaient-toujours-par-rencontrer.

Sa stupéfaction fut immense. La créature offrait au monde le spectacle d'un corps replet surmonté d'une face rondouillette recouverte d'un duvet famélique, des lèvres absentes, un nez rougeoyant, deux yeux étroits dont la couleur hésitait entre l'ardoise de vespasienne et le caca de pigeon ; tout était lamentable dans cet être, il s'était même étonné que Kelcun n'eût pas les oreilles décollées.

Adrien jugea bon d'inscrire sur ses traits la marque de la souffrance. C'était une question de politesse. Il n'allait pas dire à la femme lui annonçant qu'elle en préférait un autre : « Ah, eh bien tiens, ça, par exemple, ça tombe bien, justement, je n'osais pas te le dire mais ça m'arrange, parce que moi, vois-tu, eh bien, j'aspirais depuis quelque temps à être un peu peinard, parce que ce n'est pas que tu me fatigues évidemment, mais enfin bon... »

Impensable.

En fait, trois sentiments distincts étaient en lui en cet instant :

D'abord, un immense soulagement : alors qu'il n'aurait jamais eu le courage d'être le bourreau, il allait pouvoir jouer – avec dignité – le rôle de la victime.

Ensuite une légère vexation : elle lui en préférait quand même un autre... ce qui était toujours désagréable.

Et enfin un immense regret : il était sûr à présent de louper le match.

On ne dit pas à une femme qui vous plaque : « Excuse-moi, j'ai France-Angleterre qui démarre dans trois minutes. »

Il se devait, avec élégance et générosité, de l'emmener sur les bords de Loire manger dans des assiettes géantes les brimborions minuscules et hors de prix dont elle raffolait. Ils auraient une soirée fragile et apaisée comme le sont les choses finissantes, ils seraient l'un et l'autre pleins d'attentions, se considérant comme des humains de verre filé, cassables, vases aux parois arachnéennes au moindre mot fêlés, deux verveines mourantes clôtureraient leur rencontre. Ainsi allaient les amours chevrotantes.

Il la prit dans ses bras avec une tendresse qu'il avait oubliée depuis belle lurette. Elle lui avait envahi la vie, la peuplant de commodes à pieds galbés et autres enquiquinements précieux, mais tout finissait bien : il allait redevenir, il était déjà à nouveau le célibataire qu'il aimait être, qu'il se savait être fondamentalement. La vie lui suffisait, il n'avait pas besoin d'y introduire une femme. Il y avait les livres, les affaires, son métier, Paris, tout ce monde qu'il faisait semblant parfois d'exécrer mais qui le ravissait, les bagarres avec les auteurs, la presse, la télé, les contrats, les droits cinéma, les adaptations audiovisuelles, les lancements, le téléphone, les télex, tout ce remue-ménage continuel avec, réguliers, les silences de Belange qu'il ne fallait pas oublier dans le tableau. Allons, tout cela additionné, tous ces menus vacarmes, ces cocktails, ces rencontres, ces rendez-vous, tout cela finissait par former le Bonheur... Alors adieu Micheline et bon vent, lorsque l'on a un prénom de locomotive, il faut savoir voyager...

Elle parvint à s'extraire un quart de larmichette qu'il effaça du bout de l'index en faisant « Tts-Tts-Tts » d'un air de grande bonté, chose qu'il avait vu Cary Grant faire dans un film en noir et blanc. Il fourra les chips dans le congélateur avec le reste. Ce serait pour le squatteur. Avec tous ces événements, il l'avait oublié celui-là.

Juste avant le départ, qui eut lieu dans un dimanche crépusculaire, il écrivit rapidement quelques lignes qu'il laissa sur la table de la cuisine.

« Merci pour le carreau, les draps, la vaisselle et le saint-émilion, c'est très gentil à vous de m'accueillir pendant les week-ends. Si vous vous servez de la télé, débranchez-la après usage, des orages sont prévus. »

Il se gifla moralement. Pourquoi est-ce que je ne lui donne pas les clefs du coffre pendant que j'y suis ?!

Extrait du livre d'Héléna Berthold

Psychologie et vision du monde du squatteur

La relation que le squatteur entretient avec les lieux qu'il squatte est l'une des plus ambiguës qui soient. Cette maison est à lui puisqu'il y vit, qu'il s'y est introduit et que son activité essentielle est de s'efforcer d'y demeurer, il peut même y avoir ses habitudes. Parallèlement, il n'ignore pas que cette propriété n'est pas la sienne, ni légalement ni surtout affectivement : ces photos sur les meubles, ces tableaux accrochés aux murs ne racontent pas son histoire et le rejettent par leur absence de signification affective personnelle. Du meuble à l'ustensile, tout le renvoie à sa non-appartenance et chaque pierre lui crie sa qualité d'intrus.

Il est perpétuellement un émigré de l'intérieur : tout ne lui est qu'abri, rien ne lui est asile.

(Chapitre 3, page 108)

Troisième week-end

– Ah non, merde, ça fait trois semaines que j'ai bloqué ce déjeuner et il prévient deux heures avant...

– Un chien, hurla Alfonso, un chien, tous sont des chiens, mais lui c'est le pire, il me fusille, là, il me court-circuite !

Adrien écarta l'écouteur de son oreille : la voix du producteur vrillait l'espace. Ce n'était pas vrai, tous n'étaient pas ainsi, les Américains avaient tendance à débarquer – une vieille habitude – avec leur staff, à envahir son bureau. Il fallait faire attention, il avait vu débouler chez lui des demi-loubards en casquette molle, jean à franges et baskets à ressorts. Il pensait qu'ils allaient lui taguer les cloisons, et ces jeunots discutaient pied à pied des contrats épais comme des bottins, d'où il ressortait qu'ils auraient tous les avantages et lui plein d'inconvénients. Il lui fallait se bagarrer, faire appel à tout un arsenal juridique pour faire lâcher prise à ces nouveaux rapaces issus des universités californiennes, semi-cloches signant des chèques étriqués pour des compagnies dont ils étaient les âmes damnées... Et aujourd'hui, passant par-dessus la traditionnelle cohorte des associés, assistants, collaborateurs et autres vautours de la pellicule, il avait, grâce à Alfonso, décroché le déjeuner du siècle, un tête-à-tête direct avec Mourad Bagstein, l'empereur des studios, le tsar du septième art, le prince du tiroir-caisse, un des rares hommes sur la planète à pouvoir faire resurgir l'Atlantide, reconstruire le colosse de Rhodes, descendre dans les entrailles de la terre ou monter dans les espaces interstellaires, bref la version moderne de Dieu.

Il avait rendez-vous avec Dieu, et Dieu venait de se décommander.

Adrien avait étudié rapidement sa biographie. Elle était fausse à soixante-dix pour cent mais il n'en restait pas moins que le jeune vendeur de pistaches salées, né dans un souk de village yéménite, avait à quatorze ans créé une chaîne de garages dans l'Irak du Sud, et son réseau de pièces détachées avait envahi Moyen-Orient et pays du Golfe. Trafiquant d'armes, il était devenu conseiller aux Affaires culturelles d'un émirat et avait eu l'idée d'acheter une portion de désert grande comme une fois et demie la France en échange d'un pétrolier géant, fabriqué à Osaka, troqué, disait la légende, contre trois Van Gogh et une douzaine d'œufs de Fabergé.

Il avait commencé à louer sable, collines, montagnes, palmeraies à des productions internationales. Ce qui avait attiré une figuration abondante et bon marché.

Mourad Bagstein avait alors importé matériel, techniciens, et fondé la Bags Company.

Et c'est cet homme, sans qui rien de grand ne se faisait, qui avait jeté son dévolu sur un roman qu'Adrien avait publié la saison précédente, et dont l'échec, s'il eût été retentissant, aurait au moins fait du bruit, ce qui n'avait pas été le cas... Il en avait été vendu six cents exemplaires, Adrien ayant toujours supposé que la famille de l'auteur s'était cotisée pour en payer cinq cents, les autres ayant été achetés soit par erreur, soit par des clients maniaco-dépressifs. Le titre seul était une catastrophe. Il avait voulu le modifier, mais s'était heurté à la volonté farouche de l'auteur, Valentine Bron.

Blême était donc paru.

L'histoire était celle d'une fille laide et toujours lugubre qui tombait amoureuse d'un employé des postes tuberculeux et prématurément veuf. Valentine Bron prétendait que l'intérêt du roman résidait dans le fait que le postier ne s'apercevait de rien et que, pendant les trois cent cinquante pages qui suivaient, Blême (c'était le surnom de l'héroïne) et son postier d'amour n'échangeaient pas une seule parole. Le plus étrange était que *Blême* avait remporté deux prix, celui du premier roman dans une localité riante du Haut-Rhin et l'autre octroyé par une fondation catholique pour le respect des valeurs familiales et le développement du maintien de la femme au foyer.

Comment ce livre était-il tombé entre les mains du roi du box-office, c'était là un des insondables mystères sur lesquels Adrien Beaurecourt avait depuis longtemps décidé de ne plus s'appesantir. Quelques conversations préalables lui avaient d'ailleurs permis de comprendre que le sujet avait été quelque peu chamboulé par les adaptateurs, le décor d'abord, l'époque ensuite : tout se passerait non plus dans les environs de Romorantin mais dans les faubourgs de la Thèbes ancienne, Blême (le nom paraissait devoir être conservé) n'était plus caissière-gondolière dans un supermarché mais esclave nubienne, tandis que l'homme des PTT était promu fils de pharaon. Bagstein avait habilement laissé traîner dans l'oreille d'Adrien les noms de Meryl Streep et Sylvester Stallone, pressentis pour interpréter les personnages créés par Valentine Bron.

– Il n'a pas fixé une autre date ?

– Il propose le 23.

Adrien ne consulta même pas son agenda. Lorsque l'on avait rendez-vous avec le Tout-Puissant, on ne cherchait pas à savoir si l'heure du déjeuner était libre ou non.

– C'est d'accord.

Alfonso Berzigolio cessa de hululer. Son rôle dans l'affaire n'était pas très clair. Il servait d'intermédiaire, se laissant tenter par quelques parts et pourcentages et guignant la place de producteur délégué. Il adorait rester le plus longtemps possible dans une imprécision entretenue qui lui permettait d'être partout et nulle part... à la frontière du commercial et de l'artistique.

Adrien reposa l'écouteur. Eh bien voilà. Il avait

réservé tout son après-midi pour boucler l'affaire avec Bagstein, et il ne lui restait plus qu'à se tourner les pouces.

Téléphone.

C'était Françoise. Secrétaire dévouée. Dommage qu'elle ait ce strabisme. On l'avait prévenu qu'il ne s'y ferait pas, il avait protesté. Il avait eu tort : il ne s'y faisait pas.

– C'est Gallimard, vous aviez rendez-vous demain avec...

– Oui, je sais, qu'est-ce qu'il veut ?

– Il ne peut pas, un problème de santé. Son fils a...

– La varicelle. Exact ?

– Exact.

Il n'avait aucun mérite à deviner. Comme il y avait des modes pour tout, il y en avait une pour les fausses excuses. À une époque, c'était les vertèbres. Cela conférait à la victime un aspect fragile, luxueux et sportif car deux fois sur trois, l'accident était mis sur le compte du golf. « J'ai attrapé ça hier à Saint-Nom-la-Bretèche, je n'étais pas assez chaud, je me suis bloqué deux dorsales. Un martyre ! » Pendant tout un temps, le grand chic fut le voyage-éclair. Les billets avaient été pris par une épouse dominatrice et imprévisible : « Et elle m'annonce ça hier soir, enfarinée : "Chéri, tu n'oublies pas que nous partons après-demain pour Saint-Bart." Je l'aurais tuée. J'ai horreur des îles, le soleil, les atolls... les ananas, tout leur attirail, ça me rend malade. En plus, elle va vouloir que je porte un paréo. L'horreur totale. Bref, c'est foutu pour mercredi. »

Depuis quelque temps, on utilisait les enfants. Au téléphone, les voix se faisaient soucieuses, voire angoissées : « Je sais bien que ce n'est pas grave mais enfin Arnaud n'a que six ans et à cet âge... » La varicelle venait nettement en tête, la rougeole suivait de près, mais depuis trois semaines, les oreillons comblaient leur retard.

En tout cas, il accumulait les lapins. Deux d'un coup en deux jours, il avait fait le plein.

– Vous êtes toujours là ? demanda Françoise.

– Je n'en suis pas sûr. Vous avez d'autres bonnes nouvelles ?

– Mademoiselle Sanguier ne pourra pas venir cet après-midi au comité de lecture et elle s'excuse.

– Si en plus elle s'excuse, je ne vois pas ce qui me reste à faire.

Mon Dieu, c'était vrai, le comité de lecture du jeudi seize heures ! Gallaro allait encore suçoter entre deux cigares montecristos gros module ses pastilles antitabac, et vitupérer l'absence de style des générations montantes, Léopold aurait découvert un scandale politique retentissant qui allait remettre en question les fondements de l'État, ébranler les institutions et renverser le gouvernement. Il expliquerait que l'auteur, employé de bureau aux Renseignements généraux, consentait à lâcher le morceau pour un monceau de dollars et un aller simple Paris-Caracas. On mettrait les deux nègres attitrés de la maison pour réécrire le bouquin et, dans trois mois, c'était le pactole. Adrien avait suivi deux fois les avis de Léopold, et deux fois il s'était retrouvé au tribunal. Le fait n'avait pas tari l'enthousiasme de Léopold dont le plus beau fleuron était d'avoir mis la main sur une histoire de réseau de prostitution opérant à l'intérieur du Vatican. Les filles issues des meilleures familles italiennes avaient fait le vœu de ne se donner qu'à des prêtres consacrés par la Sainte Église apostolique, catholique et romaine.

« Un scandale au Saint-Siège, avait jubilé Léopold. Je tiens l'histoire de la bouche même de monseigneur Magnani, évêque de Parme. Je garantis deux cent mille exemplaires dans les deux premières semaines. »

Renseignements pris, monseigneur Magnani répondait au nom de Gustave Roudillon et totalisait dix-sept années de prison pour soixante-cinq escroqueries, toutes centrées sur l'usurpation d'identité. Il avait été, successivement, ordonnance du général de Gaulle, sous-secrétaire d'État à la Culture, actionnaire principal de la Swiss Bank et, pièce maîtresse de la série, Rabindoo Tanangoyka, fils adultérin d'Indira Gandhi et d'Henry Kissinger ; rôle qui, de très loin, lui demanda la plus grosse dépense en fond de teint...

Les yeux d'Adrien se tournèrent vers la fenêtre.

Sublime.

Ce printemps avait quelque chose de survolté dans l'allumage. Les aubes étaient dansantes, presque frisquettes puis tout s'apaisait, il coulait sur les terrasses une brise tendre et tiède qui retroussait à peine les pages des premiers quotidiens et les franges des parasols matinaux.

Belange.

Il eut, sous ses paupières que le soleil illuminait, la vision du parc... Il y serait bien. Il eut envie de se sentir vêtu de son vieux tee-shirt et de son short à rayures cent pour cent nylon qui avait tétanisé Micheline la première fois qu'elle l'avait vu avec.

Il se redressa sur sa chaise.

Ça, c'était une idée !

Qu'est-ce que je fous à Paris ? Deux rendez-vous annulés, une interminable séance avec Léopold, Gallaro et les autres où l'on peut parfaitement se passer de moi... Je prendrai l'avis du comité lundi et, comme d'habitude, n'en tiendrai aucun compte.

Allez, hop, décide-toi. Chamboulement total de ton existence, renversement dans la révolution des planètes, voici pour moi l'équivalent d'Hiroshima plus le big-bang : tu pars à Belange un jeudi soir et non un vendredi comme d'ordinaire. Me voici aventurier, cet acte te classe parmi les Indiana Jones du Maine-et-Loire. Pour une fois que tu as envie de campagne, tu ne vas pas t'en priver.

Et puis, en agissant ainsi, tu vas le coincer.

« Le », c'est le squatteur.

Hé, hé, c'est pas idiot du tout ça, mon vieil Adrien, tu sais que ce n'est pas idiot du tout, mais alors pas du tout du tout du tout du tout !

Parce que forcément, il est habitué à voir arriver les gens le vendredi soir, pour le week-end, la belle affaire, et je vais le trouver en train de siroter peinard dans le grand salon, en bouquinant tranquille et se disant « j'ai encore vingt-quatre heures avant l'arrivée du proprio ». Eh bien, là est l'erreur, parce que, justement, le proprio il débarque. Il débarque à l'heure où on ne l'attendait pas, comme le 6 juin à Omaha Beach. La pétoche qu'il va se payer ! Ça, c'est la raison supplémentaire qu'il me fallait. La maison peut marcher une journée sans moi. D'aucuns vont jusqu'à prétendre qu'elle peut même marcher mieux. À voir.

– Françoise ?

– Voui ?

Non seulement il y avait cette divergence dans le regard, mais elle affichait au téléphone une voix de scie à métaux. Une lime à ongles contre un barreau de centrale.

– Je ne serai pas là demain. Si vous avez quelque chose d'important, appelez-moi à la campagne.

– Mais nous ne sommes pas vendredi !

Elle a dû travailler autrefois pour le KGB, elle sait tout et ne manque pas une occasion de le faire constater.

– Je sais, je pars quand même. Si Germaine Galipot appelle, donnez-lui le numéro de Belange. À elle seule.

Ça, c'était un travail de trois mois. Miss Galipot, tout le monde le prédisait, serait la prochaine championne du monde de patinage artistique, elle était montée sur le podium aux derniers JO et on se souvenait encore de ses enchaînements d'axels et de boucles piquées. Prévoyant une popularité phénoménale, Adrien avait proposé à la jeune fille de lui faire écrire son autobiographie, quelque chose du style : « Mémoires d'avenir » ou « Les Feux de la glace ». Léopold avait proposé « Les Patins du Ciel ». Tout était réglé ; l'accord obtenu en échange d'un à-valoir considérable, et compte tenu du fait que Germaine n'aurait pas à déboucher le stylo dont elle ignorait d'ailleurs le maniement, on aurait pu penser que tout allait baigner dans l'huile, qu'en septembre le bouquin pourrait sortir. Malheureusement, il y avait un hic : Germaine Galipot avait chaussé ses premiers patins à trois ans et demi et depuis n'en était pas descendue. En dehors de cela, il ne s'était strictement rien passé dans sa vie. Rien, mais alors strictement rien. Léopold, qui arrondissait ses fins de mois en rédigeant la biographie des stars du sport et de la chanson, s'arrachait les cheveux.

– Pas l'ombre d'une anecdote, tu entends : rien. Même pas un flirt, un cousin qui l'aurait coincée un jour dans un couloir, un supporter qui aurait tenté un bisou, que dalle..., jamais malade en plus, je lui ai demandé : « Une patinoire quand même, c'est pas chaud, on s'y enrhume ! » Tu sais ce qu'elle m'a répondu : « C'est vivifiant. »

« Jamais blessée en plus. En général, ces gens sont couverts d'entorses, de bleus, ils s'explosent les rotules, terminent dans le plâtre, elle non. “Et comment ça se fait que vous n'ayez jamais eu d'accident dans votre jeune carrière ?” Elle me regarde avec ses yeux de veau et sort : “Pasque j'tombe pas.” »

Adrien avait tenté de l'aider.

– Et la famille ?

– Complète : la mère, le père, le grand-père, tous normaux, insipides et corrects.

– Pas une anecdote sur ses débuts ? Sur une victoire ?

– Aucune, elle a tout raflé dès le premier jour.

– Elle a des projets ?

– Elle veut patiner.

– À part ça ?

– Rien.

– La politique ?

– Elle s'en tape.

– Le cinéma ?

– Elle a horreur d'être assise.

– Un hobby ?

– Aucun.

– Elle lit ?

– Jamais.

– Le rock. Elles aiment le rock en général à cet âge.

– Pas elle. Musique égale migraine.

– Parfait. Tu m'en sors trois cents pages pour le 30 du mois prochain.

Adrien se leva. Au-dessus des toits, des oiseaux montaient vers Montmartre. Par l'échancrure des rues on distinguait le dôme de la Basilique tartiné d'un soleil blanc. Il lui sembla qu'une odeur d'herbe submergeait l'asphalte, envahissait son bureau... Cela lui arrivait rarement, mais il ne pouvait en douter : c'était l'appel de Belange, comme si, de loin, la vieille maison réunissait ses forces pour l'attirer vers elle dans un but qu'il ne comprenait pas.

Passer par-derrière.

Le vieux mur.

Facile à escalader.

Sous ses paumes, les pierres sèches s'effritèrent. C'était la première fois qu'Adrien entrait à Belange de cette façon, et il eut l'impression de se cambrioler lui-même.

Si le père Furet m'aperçoit, il est foutu de me balancer un coup de chevrotine.

Il se hissa sans peine et retomba au pied du noyer. Silence total. Après l'océan des herbes, il pouvait voir entre les feuillages l'arrière de la maison aux volets clos.

Si l'individu était là, il vivait dans l'ombre.

La pensée que ce qu'il était en train de faire était idiot ne le quittait pas, mais ne le gênait guère. Lorsqu'il avait publié *Soyez stars* avec, en sous-titre : « Nous sommes toutes des Greta Garbo », il avait eu la même impression et en avait vendu cent cinquante mille exemplaires. Donc, pourquoi se gêner.

Il longea les arbres de l'allée, frôlant les troncs au plus près. Un observateur aurait du mal à l'apercevoir. Il se sentit soudain investi d'un talent militaire hérité sans doute de ses ancêtres. Il se surprit à marcher sur la pointe des pieds, ce qui est, on le sait, extrêmement inutile lorsqu'on progresse dans l'herbe.

Voilà, il y était.

Les lilas éclataient. Des grappes pâles aux nuances de vieux buvard d'écolier.

Et si c'était un costaud ?

On peut être gentil par écrit, plier les draps et faire la vaisselle, mais si l'on se fait surprendre, c'est autre chose, les réactions peuvent être surprenantes.

Des images affluent : dorsaux monstrueux mal contenus dans des maillots de corps huileux, casquettes grasses sur trognes avinées. « Alors mon p'tit bonhomme, on déboule sans prévenir ? On veut surprendre les trimardeurs ? On cherche des crosses ? J'ai été bien gentil jusqu'à présent, je te l'ai pas fait flamber, ta baraque, mais si tu veux jouer à ce p'tit jeu avec Riton, j'm'appelle Riton, je vais t'écraser la tronche dans l'mur, ta p'tite tronche de Parigot tête de veau, et c'est pas pasque je lis les beaux livres que j'vais pas te faire ta fête et t'as pas intérêt à bouger un p'tit doigt pasque si t'as pas évalué à l'œil, j'ai cent trente kilos pile sur la bascule, rien que de la viande rouge, je t'annonce que c'est mon poids de lutteur, et si t'as pas la mémoire qui s'effiloche, tu dois me retapisser le carafon ; on m'appelle l'"Enclume", et tu vas comprendre pourquoi : j'suis champion d'Europe, catch à quatre, lutte libre, gréco-romaine, boxe française, savate, canne anglaise, j'en passe et des meilleures... Y'a que leurs trucs de chinetoques que j'ai pas faits, leurs judo, jiu-jitsu et autres combines de faces de citron, et si j'en trouve un devant moi de niakoué, je te l'écrabouille et je lui fais bouffer toute ta moquette et les tapis avec, alors avis aux amateurs... “L’Enclume.” T’as bien compris ? L’“Enclume.” »

Adrien déboucha par l’arrière et, par un réflexe de gosse jouant à l’Indien, il se colla aux pierres de tuffeau. Il leva la tête. Au-dessus des tourelles de Belange, le bleu filochait, poussé par les cotons du crépuscule. Demain, les brumes du matin envahiraient la Loire.

Il longea les murailles et fit jouer le plus silencieusement possible la clef dans la serrure de la porte de la cuisine.

Il pénétra dans la maison.

Le silence comme à chaque fois. Il renifla comme si ses narines avaient été capables de détecter une présence humaine.

Personne. Apparemment.

Ses yeux glissèrent, cherchant le détail qui trahirait un visiteur récent... Rien n’avait bougé depuis la semaine dernière, rien de...

Le verre.

Sur l’évier. Je suis sûr de ne pas l’avoir laissé là. Il est revenu. Il est encore là.

Adrien s’agenouilla sur le carrelage et défit les lacets de ses chaussures, des godasses de seigneur. Tous les anciens colonels retraités de l’armée des Indes avaient dû porter les mêmes. Elles étaient hors de prix, lui comprimaient les orteils et, en toute objectivité, pouvaient être considérées comme laides, mais cela faisait partie de la panoplie. S’il avait porté autre chose, il aurait risqué de faire croire que les Éditions Beaurecourt battaient de l'aile.

Sur les chaussettes, il entra dans le hall.

Tout de suite, il remarqua les cendres. Elles avaient été balayées mais il en restait tout contre la plaque de la cheminée centrale.

Quelqu'un avait fait du feu. Ce n'était pas étonnant, les murs étaient épais et la maison était fraîche ; il lui était arrivé de faire une flambée en plein mois d'août après la tombée du jour.

Le verre, ce petit tas de poussière blanche... bravo Sherlock.

Il se figea. Il y avait eu un bruit dans le salon. La porte était entrebâillée. Un râle.

Bon Dieu, c'est un monstre : trois têtes, six pieds... un deuxième râle... un autre, régulier... Ce ne sont pas des râles mais des ronflements.

Squatteur dormant. Il va en faire une tête lorsque je vais le réveiller.

Adrien poussa la pote. Le fauteuil n'était pas là d'habitude. Il avait été déplacé, face à la fenêtre. Le crâne affleurait au ras du dossier. Il ne pouvait distinguer son occupant, simplement l'entendre, et pour cela il n'y avait aucun problème, le type avait le sommeil à peu près aussi discret qu'une cornemuse dans une caisse de résonance. Adrien décrivit un demi-cercle et fit face au dormeur.

– Qu'est-ce que vous faites là ?

La cornemuse lâcha un dernier hululement gargouillé et les yeux du dormeur s'entrouvrirent.

– Shmstzzsblbl, dit-il.

– Je répète ma question, dit Adrien. Qu'est-ce que vous faites là ?

– Sieste.

Rapide coup d'œil d'Adrien à sa montre. Il était six heures.

– Longue sieste, dit-il.

– Sommeil.

Adrien hocha la tête.

– Vous étiez en quelque sorte en train de surveiller la maison ?

Augustin Furet s'étira. L'alliance de sa courte taille et la longueur exceptionnelle de ses pataugas le faisaient ressembler à un angle droit.

– Vous avez vu le squatteur ?

Le père Furet eut une inflexion de sourcils signifiant que, malgré une surveillance de tous les instants et compte tenu des aléas de l'existence, des lois du hasard, de la roublardise humaine et des contingences qui gèrent le devenir des espèces vivantes, il n'avait pas aperçu la queue d'un chat.

La langue du paysan claqua dans sa bouche.

– P'tite soif, dit-il.

– Au revoir monsieur Furet, dit Adrien.

– P'tite soif.

– Et bonjour à madame Furet.

Augustin remit sa casquette et traversa le hall d'un pas de laboureur harassé.

Adrien ouvrit la porte.

– À la prochaine, monsieur Furet.

Il serra la main du vieux, ça ressemblait à un morceau de corne planté de cinq branches mortes. Furet remua ses chaussures comme si chacune pesait trente tonnes et s'éloigna en faisant la gueule. Il attendit d'être à la grille pour articuler :

– P'tite soif.

Têtu, Furet.

Adrien travailla tard à la lecture de trois contrats d'auteur et décida de ne pas regarder la télé avant de s'endormir. Il regagna sa chambre en sifflotant et se déshabilla.

Il leva la tête et repéra un paquet au-dessus de l'armoire. Puis il distingua le rectangle blanc de l'enveloppe qui l'accompagnait.

Nu comme la main, il monta sur un tabouret et prit la lettre.

Elle portait son nom. Il reconnut facilement l'écriture.

Il avait de la lecture.

EXTRAIT DU LIVRE D'HÉLÉNA BERTHOLD

Psychologie et vision du monde du squatteur

Nous touchons là à un phénomène particulièrement intéressant, celui du parasitisme du squatteur.

Il peut naître, malgré la permanence de l'angoisse et de la crainte d'être découvert, une véritable jubilation due au sentiment de profiter d'un toit, d'un confort, voire d'un luxe auquel il n'a en aucune façon pris part, ni par son travail, ni par son être, ni par ses choix.

Les statistiques, évidemment fort difficiles à dresser dans ce domaine, nous apprendraient sans doute que ce que l'on qualifie parfois de vandalisme n'est rien d'autre qu'une conduite de surexcitation, tentant d'exprimer ce que l'on pourrait nommer, en évitant des termes freudiens, le bonheur né du « mal-acquis ».

Le fait de ne pas avoir le droit de toucher, d'user, de profiter, le fait de se trouver au milieu d'un univers prohibé confère au squatteur une exaltation extrême pouvant prendre des proportions allant jusqu'à son comble : le saccage. Méthode finale d'appropriation par la destruction, confinant à l'autodestruction.

(Chapitre 4, page 132)

Correspondance

Lettre du squatteur trouvée sur le haut de l'armoire. Elle est non datée et signée seulement S. Adrien présuma qu'il s'agissait de l'initiale du mot Squatteur.

Je pense que notre échange épistolaire a été jusqu'à présent trop bref pour que j'aie pu vous remercier suffisamment de votre hospitalité. Le fait que vous n'ayez pas prévenu les gendarmes peut déjà être considéré en soi comme une autorisation dont j'espère ne pas avoir trop abusé. Il y a d'ailleurs dans tout cela un danger, celui que je m'attache à cette maison dont le charme est certain, croyez bien que j'y suis sensible.

À ce propos, je dois vous signaler que l'une des échauguettes, celle de l'aile ouest, fatigue et on y constate des fissures inquiétantes le long de la muraille. Il serait bon, à mon sens, de la cercler ou d'introduire un système de soutènement, cela ne doit pas poser de graves problèmes, mais mérite que l'on s'en préoccupe. Je tiens à préciser que je ne suis pas architecte, mais que la fréquentation assez régulière de maisons abandonnées une bonne partie de l'année m'a amené à avoir l'œil. Prudence donc. Vous pouvez également remercier monsieur Furet qui opère depuis quelques jours des rondes fréquentes. La lenteur de sa démarche et le fracas de ses semelles me permettent évidemment de déguerpir sans trop de hâte, mais l'intention est louable. Le fait qu'il ait, depuis quelque temps, pris l'habitude de s'endormir dans votre (pardon, j'allais écrire « mon ») fauteuil, n'en fait pas un gardien très efficace, mais ne lui en veuillez pas, cet homme est âgé et l'on sent que son foie, à défaut de lui-même, a beaucoup travaillé.

Excusez tout ce bavardage, cette lettre n'avait d'autre but que de vous expliquer les raisons de la présence, sur le sommet de votre armoire de cette cocotte-minute de marque connue. Ce bien banal cadeau a tout d'abord pour but de vous exprimer ma reconnaissance. Il comble ensuite un manque cruel dans votre équipement de cuisine. Je dois, en effet, vous avouer que cet appareil me sera fort pratique, comme je l'espère à vous-même, pour les repas futurs que j'aurai le plaisir de prendre dans votre superbe demeure, dont j'apprécie chaque jour, avec une joie réelle, les multiples richesses et les puissants appâts.

Merci encore.

S.

P.-S : Si vous désirez, pour votre venue, que je dispose quelques fleurs dans les vases, signalez-le-moi, monsieur Furet ne me semble guère porté sur la confection des bouquets et, vous l'aurez remarqué, nous sommes à la saison des lilas.

Lettre d'Adrien Beaurecourt, en réponse à la précédente :

Cher Squatteur,

Vraiment, il ne fallait pas.

Le temps m'avait jusqu'à présent toujours manqué pour confectionner une ratatouille et, grâce à votre don généreux, je vais pouvoir réaliser un rêve d'enfant, merci encore. Puisque les choses semblent s'installer, autant se débarrasser d'entrée des détails pratiques. Pourriez-vous occuper de préférence la chambre bleue ? L'orientation est excellente et vous y serez tranquille ; détail qui m'arrange, les quelques amis qui viennent parfois en week-end ne l'envahissent pratiquement jamais. Entendu pour les bouquets, mais n'allez pas vous faire repérer en les cueillant.

Votre lettre m'entraîne à penser que vous êtes un homme de culture, j'avais déjà noté que le choix de vos lectures révélait un amour des grands classiques, je vous en félicite et vous engage à continuer dans cette voie. Comme l'on dit dans le monde : ma bibliothèque est à votre disposition. Je ne vois d'ailleurs pas comment il pourrait en être autrement, dans la mesure où mon métier est d'entraîner à la lecture, et non à m'y opposer, et que de toute façon vous êtes le maître des lieux durant mes absences.

À vous,

Adrien Beaurecourt.

Deuxième lettre du squatteur, découverte lors du quatrième week-end, toujours non datée et toujours signée S. Nous n'en publions ici que des extraits, la totalité de la missive représentant quatorze pages.

... il m'a donc été facile de me livrer au petit jeu du bilan concernant l'ensemble de votre politique éditoriale des deux dernières années, puisque l'ensemble des publications Beaurecourt est présent sur les rayons de votre bibliothèque. Je serai net, trop net sans doute, mais mon anonymat m'y autorise : vous publiez trop.

Beaucoup trop.

Il y a à cela probablement des raisons commerciales que j'ignore, mais le nombre de prétentieuses nullités que vous pouvez éditer est incommensurable. Ainsi de *L'Amour, Bernard, l'amour...* Invraisemblable salmigondis de mondaines mièvreries et de philosophie filandreuse, le tout noyé dans un style durassien-confiture-mélasse d'où j'extrais ces lignes :

« Bernard, toi, lorsque les mots manquent, lorsque plus de mots, lorsque plus de manque, lorsque manque le manque, même le manque manque... Bernard toujours, ton creux d'absence crie, crie ton absence en creux, cri d'absence, absence-cri, en creux Bernard manque. »

J'arrête là et vous pose la question que je me permets de tracer en lettres capitales : COMMENT POUVEZ-VOUS AIMER ÇA ?

Ou alors il n'est pas nécessaire d'aimer pour éditer, c'est possible, mais j'ignore tout des us et coutumes de ce milieu. De même et dans un registre tout à fait différent, je relève ce passage tiré de *L'Étrange Aventure du professeur Jasperworek* : « Le pieu sanguinolent défonça les tripes immondes dont les serpents émeraude s'enroulèrent, reptiles vivants, autour du poignet décharné du vieillard fou, tandis que les chats-huants s'envolaient des tours effondrées du château de Wollenstein. En bas, dans la crypte, les couvercles des tombeaux vibrèrent sous les grincements sépulcraux des phalanges squelettiques. »

Les bras m'en tombent.

Je ne voudrais pas terminer sans vous signaler que j'ai pu réparer la porte-fenêtre de l'aile droite dont le pêne coinçait, elle fonctionne à présent parfaitement. J'ai également changé l'un des joints du robinet de la baignoire, il ne gouttera plus. Mes talents en matière de plomberie sont limités mais vont jusque-là.

Amicalement,

S.

Deuxième lettre d'Adrien Beaurecourt à S. huit jours plus tard. Il s'agit également d'un extrait, l'ensemble totalisant six pages de format 21 × 29,7.

... Quant à l'auteur de *L'Amour, Bernard, l'amour...*, le simple fait que vous vous demandiez pourquoi j'ai accepté de sortir son tissu d'élucubrations (permettez-moi de ne pas vous trouver assez sévère à ce sujet) prouve que vous n'êtes guère au courant des mœurs du sérail. Évelyne de Briançon est l'une des critiques les plus en pointe d'un journal féminin extrêmement connu, et il n'était pas question de lui refuser quoi que ce soit si je voulais qu'elle jette, du haut de sa plume mollassonne, quelques compliments condescendants sur les productions Beaurecourt présentes et à venir. Quant à *L'Étrange Aventure du professeur Jasperworek*, il fait partie d'une série qui comprend entre autres *Le Professeur Jasperworek et les vampires*, *Le Professeur Jasperworek et Frankenstein*, *Le Professeur Jasperworek dans les Karpates*, *Prends garde Jasperworek*, *Jasperworek contre les Succubes*, etc. Je peux même vous annoncer pour le trimestre prochain *Jasperworek et la tronçonneuse* suivi de *Jasperworek et le baiser de l'araignée*. Il y a là une source de revenus non négligeable, le premier tirage se situant aux alentours de trente mille exemplaires et, au dire des libraires, le public semble réceptif et en augmentation. Je n'ai personnellement jamais rencontré de lecteurs des *Jasperworek*, et ne le regrette pas, les ayant toujours imaginés avec l'œil rouge et les dents vertes...

Toutes ces considérations vous paraîtront bien mercantiles mais c'est sur les crêtes étroites de l'art et de la rentabilité que nous nous situons, et notre position est parfois bien incommode.

En tout cas, profitant de votre intérêt pour la chose écrite, je me permets de vous laisser un manuscrit – vous le trouverez sur la table du salon – au sujet duquel j'aimerais avoir votre avis. Mon comité de lecture est partagé et je n'ai pas eu le temps de le lire, ces sept cent cinquante pages touffues me paraissant assez indigestes. Bien entendu, vous pouvez très bien ne pas l'ouvrir, mais j'avoue que cela me rendrait service.

Au plaisir de vous lire, cher Squatteur. Et bonne semaine.

Adrien Beaurecourt.

Troisième lettre du squatteur lue lors du cinquième week-end. Il s'agit également d'un extrait, après qu'un commentaire détaillé et dans l'ensemble négatif a été donné concernant le manuscrit en litige :

... Je ne sais si vous tiendrez compte de mon avis, mais en tout cas je tiens à vous remercier de votre confiance qui m'a fait plaisir et plus encore. À ce propos et afin que rien n'entache nos relations, je voudrais vous féliciter de votre rupture avec cette personne nommée Micheline. J'ai pu y assister, de loin ; votre arrivée m'ayant surpris, je dus me glisser assez rapidement sous le lit de madame votre mère, et la porte étant restée entrebâillée, je pus tout entendre. S'il m'est permis de trancher, je vous dirais que vous n'étiez, d'évidence, pas faits l'un pour l'autre, l'opération fut donc positive. Cette remarque vous paraîtra peut-être bien indiscrète, et vous avez plus que le droit de me demander de m'occuper de mes affaires, mais je voulais, en ce domaine personnel, vous donner ce qui n'est que mon impression. L'expression « pétasse », pour excessive qu'elle soit, s'est tout de suite imposée à mon esprit en voyant cette personne. Bravo encore. Je termine cette dix-septième page. Quel bavardage ! En vous souhaitant une printanière semaine et en vous signalant, mais vous avez dû vous en apercevoir, que la cafetière électrique nous lâche.

Avec amitié.

S.

Troisième lettre d'Adrien à S. Il s'agit d'un extrait final, l'ensemble formant quatre pages.

... bref, une semaine éreintante, navrante et ô combien inefficace ; je déguste cacahuètes et canapés avec de plus en plus d'amertume, ces amuse-gueules ont le goût crémeux de l'inutile. Pourquoi me rendre en ces lieux identiques, pourquoi y retrouver ces gens que je rencontre partout ; les migraines m'emportent alors en des bateaux acides, et je vogue vers les mers goudronnées des grands marasmes. C'est au cœur de l'un de ces sempiternels cocktails que l'idée m'a traversé : la seule personne avec qui je communique sans le projet d'en tirer un quelconque avantage, la seule avec qui je bavarde à bâtons rompus, en toute intimité, c'est vous.

Indubitable : je passe quatre bonnes semaines à tenter d'écrire à mon ultime tante une carte de vœux, à l'occasion de la nouvelle année... Cette corvée envahit mon mois de janvier depuis le cours préparatoire, je la repousse, je la renvoie, et je finis, après une longue agonie, par lui poster le 31, dernier jour autorisé par les traditionalistes bienséants, une carte représentant un village sous la neige ou une mésange s'envolant d'un bouquet de houx ! J'y trace généralement une formule du style : « Excellente santé, chère Tantine. » Je vais parfois jusqu'à écrire, pour varier d'une année à l'autre : « Chère Tantine, Santé, Bonheur et Prospérité », et ma production épistolaire s'arrête là ; le reste du temps, je dicte à ma secrétaire, femme précise et sans concession, des missives professionnelles. Et voilà que nous avons pris cette habitude de correspondre. Elle me devient agréable, amicale, peut-être me sera-t-elle chère demain, et je sens qu'il en est de même pour vous.

Aussi je viens avec une proposition fort honnête. Elle vous paraîtra peut-être un peu directe, un peu brutale, en ce cas nous n'en parlerons plus, mais en deux mots voici : déjeunons ensemble ce prochain week-end.

Nous ne nous connaissons pas, et pourtant nous nous connaissons bien. J'ai, je dois l'avouer, la curieuse et assez désagréable impression de vous obliger, chaque week-end, à décamper, et cela m'est pénible. La semaine dernière, avec cette pluie d'orage qui n'a pas cessé de deux jours, je me suis demandé si vous aviez trouvé un abri. Vous devez être évidemment peiné de me voir arriver, et joyeux de me voir partir, ce qui est anormal pour des êtres humains qui ont su, grâce aux échanges de lettres, délimiter un terrain d'entente, voire de sympathie.

Je comprendrais parfaitement votre refus mais si vous y réfléchissez, vous prendrez, je le crois, une décision positive, en tout cas je le souhaite. La balle est dans votre camp. Bien à vous.

A. Beaurecourt.

P.-S. : Pas eu le temps d'acheter une nouvelle cafetière, il y a un bocal de café soluble à peine entamé sur l'étagère-confitures.

Sixième week-end

« Les étés ont été...

« Les printemps ne sont plus, restent les hivers, quelques automnes encore peut-être. Nous ne reverrons pas les îles où nous vécûmes, elles s'embrument, disparaissent, une écharpe de souvenirs qui va s'effilochant et que le vent éloigne, vieux drapeau de jeunesse par les années pâli... Il restera au fond de mes prunelles mortes une image blonde et ancienne, c'était toi Paméla, éternelle et vibrante, mes mains ont effeuillé trop de roses sur ta tombe, elles en tremblent toujours et il ne restera, sur le marbre froid que les siècles éroderont, que l'ombre des pétales enfuis que je n'ai cessé, chaque jour, de t'apporter. »

Le bouquin le plus déprimant qu'une main humaine ait jamais tracé. Peu de lecteurs survivront. Trois cent vingt pages à vous faire douter du bleu du ciel, du nez des clowns, du rire des femmes, des bagarres du Goncourt et de mille autres joyeusetés qui vous font le cœur à la menthe. Léopold a émis dans sa note de lecture le jugement suivant : « La recherche permanente de l'effet-nostalgie a tendance à fournir à l'ensemble du texte une couleur-tristesse où affleure par instants le cafardeux. » Sacré Léopold ! Le roi de la précaution.

Adrien referma le manuscrit et le plaça sur la pile fatidique, celle des refus. Les sondages étaient nets ; à la question : « Aimez-vous les livres tristes ? » les gens répondaient non à plus de soixante-dix pour cent. Mais tout cela était-il mesurable ? Et que signifie « livre triste » ? Cette manie actuelle de transformer le subjectif en objectif était horripilante. À « Aimez-vous les livres sérieux ? », la réponse était positive à quatre-vingt-six pour cent. Et qui saurait trouver la frontière impalpable qui séparait la tristesse du sérieux ?

Il reprit le manuscrit et le déporta légèrement sur la droite. Certains chapitres l'avaient ému, cette faculté incroyable de transformer le passé en regrets, et les regrets en remords, était tout de même exceptionnelle. Il feuilleta au hasard, négligeant les traces au marqueur qu'avait laissées Léopold.

« Nous ne reviendrons plus aux Terres Rouges. C'était au temps des robes à fleurs, l'instant où tu descendais la colline de Sommerland [...]. Comment le ciel pouvait-il être si bleu durant tous ces dimanches ? Nous étions si jeunes alors Paméla, si jeunes, et nos vies s'emmêlaient déjà au galop de la carriole, dans l'envol des étourneaux déferlant des montagnes aux étangs [...]. Telle était cette vallée. Dieu qui l'avait créée la tenait dans la paume de sa main, et nous avons cru qu'elle serait éternelle, à notre image... »

C'est pas si mal que ça, au fond. Cucul la praline bien sûr, mais il y a une chanson qui flotte. Avec une couverture un peu passée... une photo de paysage dans les roses buvard...

Adrien reprit les feuillets et les décala nettement sur la gauche. À revoir. Si je consulte les chiffres, je renvoie ; si je laisse parler l'instinct, j'hésite. Il faut que... Merde, dix-huit heures quinze !

D'ordinaire, le vendredi, il était déjà parti à cette heure-là. Il arriverait tard à Belange... Il avait traîné plus que d'ordinaire sur ce bouquin.

Il se leva. La météo annonçait un temps épouvantable. Les feuilles des tilleuls conservaient les traces des averses récentes. Il faisait frisquet. Un temps à monter le chauffage et à s'entourer de vieux lainages.

Il consulta l'agenda, passa trois coups de fil et quitta les Éditions Beaurecourt, après un détour par le bureau du responsable commercial. Le bouquin de Sartieri marchait bien, il avait regardé les derniers chiffres, les libraires demandaient des réassorts. Il n'y avait rien d'étonnant à cela : Sartieri était un homme de poubelles, il savait les fouiller et en présenter le contenu nauséabond avec une élégance de gandin. Il avait soulevé des lièvres, monté des scandales dans les milieux du show-biz comme dans ceux de la politique. Il possédait un réseau de salopards malveillants aptes à inventer deux mille perversions sexuelles à un parlementaire européen. Une ordure parfaite. Adrien avait hésité à l'imprimer, il n'avait pas eu tort de passer par-dessus ses nausées, ils atteindraient les cent cinquante mille exemplaires avant juillet.

Il ne repassa pas chez lui, fit le plein de super à la sortie du parking et fila vers les périphériques. Il y avait les bouchons habituels porte d'Orléans. Malgré le ciel bas, les gens roulaient vers les verdures, même si celles-ci s'emperlaient de ces gouttes larges et froides qui donnent un coup d'arrêt au printemps.

Étroites et luxueuses migrations. Les siècles s'étaient succédé et il en résultait, entre autres, ce tropisme de fin de semaine, sacro-saint, une population dense et régulière allait retrouver, quarante-huit heures durant, les voisinages autrefois ordinaires des plantes et des arbres. Pourquoi trouvait-il cela rassurant ? Cette ruée turbulente et hebdomadaire, ces files carénées aux habitacles surpeuplés d'enfants et de chiens frisés qui le fixaient par les lunettes arrière. Il savourait le fait qu'il fût seul à être seul.

Gennes. Il y avait autrefois un restaurant tenu par deux sœurs, sur la façade des récompenses, les dates étaient anciennes, 1920, 1921, 1922... jusqu'à la guerre. Après, la route tournait, et il amorça la longue glissade dans le noir : c'est vrai que la nuit était venue sans qu'il s'en aperçoive.

Belange.

Par les hautes fenêtres du salon, Adrien vit les flammes longues des candélabres, elles peuplaient les voûtes et les colonnes de pénombres éphémères. Le squatteur.

Il avait oublié sa proposition et l'autre avait accepté. Ils allaient se rencontrer. Étrange affaire. Il avait souhaité le rencontrer et maintenant un doute lui venait. Peut-être aurait-il été plus sage de garder l'anonymat ? Il nimbait d'inconnu l'envahisseur et c'était préférable. Apparemment, il était trop tard. Il coupa le moteur et grimpa les marches.

La porte de la salle à manger était ouverte. Des années qu'il n'avait plus pris ses repas dans cette pièce. Cela devait remonter au dernier anniversaire fêté à Belange. Aphrosine présidait. Couverts de vermeil frappés aux armes familiales, deux paons encadrant l'écu à double glaive. De sa main de bûcheron, elle lui avait tendu la montre d'argent aux ciselures cabossées.

« Elle était à ton trisaïeul, il la portait à Valmy et une balle s'est écrasée sur elle, depuis elle retarde, une bonne heure par jour. Tu feras le calcul et ça ne t'empêchera pas d'être à l'heure. Bon anniversaire. »

Il avait fait le tour de la table pour embrasser les joues rêches et avait gardé longtemps son glorieux cadeau. Il avait eu l'impression que le mécanisme luttait gaillardement contre la blessure de guerre ; c'était une montre invalide, elle boitait des aiguilles, comme les vieux briscards claudiquent d'une jambe. Elle était morte un jour, exténuée, victime du devoir.

Les deux assiettes brillaient, reflets de porcelaine aux pourtours espagnols, cristal des verres bohémiens... serviettes damassées et, dans le seau d'argent, le champagne cerné des cubiques diamants des glaces. Roederer 1963. Il le connaissait bien : il ne lui en restait que deux bouteilles.

Une odeur filait dans la pièce, surpassant le parfum ancien des tentures. Lapin. Civet de lapin aux olives plus exactement.

Il a fait la cuisine.

La salive surgit, douce giclée des muqueuses. C'est vrai que je n'ai pas bouffé à midi.

C'était gentil de s'être donné la peine de faire la cuisine car, en y réfléchissant bien, l'invitation au restaurant n'était pas une très bonne idée : un squatteur est toujours forcément gêné au moment de l'addition.

Adrien s'assit. Bien-être total. Derrière lui, le feu dansait. Sarabande courte incendiant les lions de fonte des chenets. Si, pour parfaire le tout, il me colle l'*Adagio* d'Albinoni en fond sonore, je l'engage comme valet de chambre.

Il étendit les pieds sous la table et sentit tous ses nerfs se détendre. Je suis une vieille harpe aux cordes trop serrées. Je n'avais même jamais profité de la douceur de ces fauteuils, la soie usée des accoudoirs avait la nuance exacte qui sépare l'abricot mûr des reines-claudes non matures.

Il doit être aux cuisines. Délicat, le lapin aux olives, ça ne se réussit pas comme ça, il y faut du soin, de la vigilance, de la circonspection... Je ne dois pas le déranger dans cette noble tâche...

Solange cuisinait bien, j'ai failli l'épouser. Je serais dans de beaux draps aujourd'hui. Rien de pire qu'une romancière. Surtout celle-là, elle pouvait écrire trente-cinq pages par jour, en se nourrissant uniquement de yaourts bulgares. Je ne l'ai jamais vue dormir. Elle affirmait qu'elle ne savait même pas ce qu'était le sommeil, qu'elle n'avait jamais essayé, ayant cru constater qu'il s'agissait certainement de temps perdu.

Et puis il y avait eu Akota.

Japonaise, c'était beaucoup dire, elle était allergique au thé, détestait le poisson cru, mijotait du bœuf en daube dans sa cuisine provençale, en buvant des pastis à répétition, et n'avait jamais vu un combat de sumo. Elle considérait Kurosawa comme un débile mental et, agrégée en mathématiques de l'université de Harvard, s'était donnée à Adrien parce qu'il lui avait avoué un soir n'y rien connaître en arts martiaux. Lui avait été séduit par sa maestria en matière de tango qu'elle dansait à la manière des femmes des faubourgs de Buenos Aires.

Sympa Akota. Ils avaient eu quelques instants assez réussis dans les salles de bains qu'elle préférait de beaucoup aux chambres. Il en avait conservé des souvenirs de carrelage, une marque de pomme de douche à la hanche gauche et la facture d'un lavabo descellé dans un hôtel quatre-étoiles. La rupture avait été un modèle du genre. Elle lui avait laissé le choix entre mariage ou seppuku. Après une longue série de discussions, il était presque parvenu à la faire opter pour une solution intermédiaire jusqu'à ce qu'au cours d'une soirée de remise de prix littéraire, elle parte avec un barman philippin, spécialiste de cocktails dynamite.

Elle avait dû depuis connaître d'autres salles de bains, et lui aussi avait voyagé, Rome, Londres, Moscou...

Il s'endormit.

Une silhouette rodait sous ses paupières.

Ce devait être humain... Une forme légère.

Retour d'Akota larguée par son barman ?

Il fallait ouvrir les yeux... S'extirper d'agréables profondeurs...

Une femme. Une femme jeune.

Elle eut un tiers de sourire.

– Vous vous étiez endormi, dit-elle.

Il la fixa, éberlué.

– Vous êtes une femme, murmura-t-il.

Elle posa sur la table la lourde marmite qu'elle tenait entre ses mains, et l'odeur de civet s'accentua.

Adrien émergea définitivement et se leva.

– J'étais en train de rêver du bonheur, dit-il.

Elle avait des yeux à paillettes, elles flottaient dans le vert liquide de ses prunelles.

– Désolée, dit-elle. Le réveil doit être difficile.

Elle portait un pull de rôdeur de barrières et un jean costaud.

Adrien se rassit. Trente ans, un mètre soixante-cinq, roulée comme une Chesterfield.

– Jambes coupées, dit-il.

Elle sourit.

Elle appartenait à cette catégorie de femmes qui savent, en montrant quatre quenottes, faire sauter les plombs, survolter la lumière, éclater les cuivres des neuf symphonies de Beethoven, et atteindre le niveau six sur l'échelle de Richter.

– J'espère que ça vous plaira, dit-elle. Il a mijoté deux heures.

Adrien Beaurecourt ferma la bouche et tenta de prendre un air intelligent.

Et des lèvres ourlées. En plus.

Il s'efforça de respirer calmement et articula :

– Donc, si je comprends bien, vous êtes mon squatteur ?

Elle sourit de nouveau et il réussit à ne pas tomber de sa chaise.

– Monsieur est observateur, dit-elle.

Extrait du livre d'Héléna Berthold

Psychologie et vision du monde du squatteur

On constate chez le squatteur un décuplement des facultés d'observation relatif à des phénomènes apparemment anodins. On peut rester frappé également des capacités déductives de ces individus dont certains sont capables, après un simple regard, de dresser un tableau quasi exhaustif des avantages et des inconvénients que représente tel ou tel hypothétique logement : difficulté plus ou moins grande de pénétration, descellement des systèmes d'alarme, dangerosité de l'environnement, signes de présence ou d'abandon.

(Chapitre 6, page 177)

Suite du week-end précédent

Adrien posa la fourchette en équilibre sur le porte-couteau et ferma les yeux.

– Il faut toujours créer un déséquilibre entre les olives vertes et les noires, expliqua-t-elle, suivant que vous accentuez les unes ou les autres, vous aurez un parfum différent... c'est là tout le mystère...

Il hocha la tête avec componction et s'arrêta. Il avait l'impression qu'il n'avait pas cessé de hocher la tête depuis le début du repas. Elle va croire que j'ai un tic ou que je suis taré.

Il bascula la flûte et les bulles pétillèrent. Il allait falloir attaquer la deuxième bouteille.

– Ne bougez pas, dit-elle. Il y en a une autre au frais.

Il hocha la tête et s'envoya une beigne sérieuse mais abstraite. Réveille-toi crétin, parle un peu, fais le beau, brille de tous tes feux... tu sais le faire en plus, quand tu veux, pour accrocher un auteur ou arracher un article. Vas-y pour la parade, transforme-toi en bouquet d'étoiles, éblouis-la, feux de la Saint-Jean et arbre de Noël, mets les guirlandes, bon Dieu, mets les guirlandes...

– Expliquez -moi, dit-il, ça s'est passé comment ?

Elle le regarda avec une douceur si apitoyée qu'il se retrouva instantanément en couches-culottes. Il manqua vagir, agita son hochet avec violence et s'embourba avec frénésie.

– Pour être squatteuse, ça doit pas se faire en un jour, enfin je ne sais pas moi, il doit bien y avoir un moment où...

– C'est un peu long à raconter, dit-elle, j'ai peur de vous ennuyer, monsieur Beaurecourt.

– Adrien.

– Adrien.

– Et vous ?

– Comment ça, moi ?

– Vous vous appelez comment ?

– Proznowecksi, dit-elle. Je vous passe l'accent.

– Et... votre prénom ? Si je puis me permettre.

« Si je puis me permettre », l'expression devait déjà être démodée à l'époque du Front populaire. Tu t'améliores mon pote, tu t'améliores...

– Lucette.

– Parfait.

Pourquoi « parfait » ? C'était horrible « Lucette », c'était ridicule. Les prénoms étaient capitaux, tous les romanciers le savaient, un prénom c'était déjà le personnage, il en faisait partie intégrante. Une fille qui s'appelait Lauréna était diaphane, sinueuse, tout en lianes et en pâleurs, elle traînait en robe lilas dans des palais italiens au bord de lacs plombés de lune, elle récitait Gabriele D'Annunzio et finissait en sana, tuberculeuse, dans des traîneaux sous des fourrures. Trois princes du sang se suicidaient sur sa tombe...

Quant à Aguilar, elle était espionne évidemment, en bas fumés et 6,35 à crosse de nacre, elle dansait au Mogambo des paso-doble torrides dans les bras de moustachus à costard croisé et cravate rayée, elle faisait sauter la banque au casino de Valparaiso et les portiers, les grooms de tous les Ritz, Carlton et Negresco de la planète se souvenaient de ses déhanchements moulés dans des robes écarlates, de ses amours brûlantes et tapageuses où se mêlaient toreros et golden-boys...

Et entre Lauréna et Aguilar, il y avait Lucette.

Lucette. Un prénom à arroser les géraniums en bigoudis ferraillants et peignoir molletonné.

– Vous faites une drôle de tête. Ça ne vous plaît pas Lucette ?

– J'aime énormément.

– Moi, j'en ai toujours eu horreur. Il faut dire que pour arranger les choses, mes copines m'appelaient Lulu, et ma mère Cécette.

Adrien opina du bonnet et prit la décision de se ligoter la nuque sur le dossier.

– C'est charmant, dit-il. Ça fait ancien... un peu rétro, c'est très reposant si on compare à des prénoms tapageurs, style Lauréna ou...

– Ne vous donnez pas tant de peine, c'est hideux mais je m'en fous.

Adrien se tortilla et décida de se resservir.

– Vous avez l'air d'aimer ma cuisine, dit-elle.

– À quoi voyez-vous cela ?

– C'est la septième fois que vous en reprenez.

– Ah ah, fit-il. Ah, ah, ah.

Elle est jolie, c'est manifeste. Enfin pas jolie dans le sens bouclée fragile transparente, je cours dans la prairie en cueillant des marguerites, plutôt dans le style terrienne, je suis bien dans mes pataugas et je sauce ma sauce... Il faudra que je lui apprenne à manger avec la fourchette.

Elle éclusa son roederer en chauffeur routier et dégaina de sa poche de jean une gauloise sans filtre.

– Une petite pause avant le dessert, dit-elle. Je vous ai mitonné une petite mousse au chocolat recette Lucette. La fumée ne vous empêche pas de vivre ?

Il se leva, empoigna le candélabre, le lui tendit mais elle avait déjà extirpé un paquet d'allumettes soufrées de son pantalon.

– Pratique ce falzar, nota-t-elle, mais j'ai connu mieux. J'ai porté trois ans une salopette en velours côtelé avec poche à soufflets extensibles ; on pouvait y fourrer une boîte à outils entière.

– Ce devait être en effet fort utile, opina Adrien.

Il réfléchit quelques secondes et ajouta :

– Bien que, personnellement, je ne voie pas très bien en quoi le fait d'avoir sur soi un nécessaire à bricolage soit...

– C'est parce que vous ne squattez pas. Vous ne pouvez pas imaginer, quand on pénètre dans une maison pour la première fois, le nombre de trucs que vous êtes obligé de réparer.

– Les gens sont souvent négligents, reconnut-il.

Elle rit et avala une bouffée considérable de fumée bleue qu'elle cracha en dragon par les narines. Ses dents étaient carrées et lumineuses, il eut l'impression de se trouver à l'intérieur d'une pub pour dentifrice.

– Négligents, c'est peu de le dire : avant de venir chez vous, j'étais dans une autre résidence, j'ai dû passer deux jours pour récupérer le frigo, ils avaient laissé des salades de l'été dernier, et la mousse avait grimpé jusque dans le moteur, pourri complet. Je vous parle pas de la baignoire : l'Amazone.

– Et dans ce cas-là...

Elle écarta les bras.

– Qu'est-ce que vous voulez que je fasse ? Je nettoie, je vais pas m'installer dans la crasse. J'ai même dû parfois réparer l'électricité ou la chasse d'eau ; c'est même souvent à ça qu'ils s'aperçoivent qu'ils ont été squattés... Ils se doutent bien que le plombier n'est pas passé tout seul pour bosser gratos.

– Certes, admit-il avec force.

Elle leva un doigt d'écolière.

– On avait parlé d'une deuxième bouteille...

Elle se leva et prit le large vers la cuisine.

Profites-en pour récupérer, respire, calme-toi, arrête de te martyriser les coronaires, tu ne vas pas me faire un malaise Adrien, tu as trop bouffé aussi... Et puis on ne tombe pas en amour comme ça...

Elle revint. L'air s'incurvait autour d'elle en courbes tendres. Il la vit en robe du soir, satin noir sur peau tendue. Il eut l'impression de passer de trente-sept à soixante-dix degrés et se cramponna au verre qu'elle remplissait.

– Racontez-moi, dit-il, c'est quand même pas une vocation cette façon de vivre ? Qu'est-ce qui vous a amenée à ça ?

Elle eut un nouveau rire et l'or du champagne la masqua quelques secondes.

– Tchin-tchin, fit-elle.

Il la regarda boire, le vin souleva par trois fois la gorge souple et renversée.

– Ce n'est pas une réponse, dit-il.

– Si. La réponse est là, sur la table, sous votre nez.

Il hocha à nouveau la tête mais comme c'était négativement cette fois, il n'en conçut nulle amertume.

– Je ne vois pas.

Elle se pencha vers lui. Elle avait une boucle sur la tempe, les cheveux se roulaient en escargot juste au-dessus de l'oreille.

– La raison qui m'a amenée à ça, comme vous dites, porte un nom simple : l'alcool.

Il remua avec précaution sur sa chaise. Aucun stigmate. Pas de pif turgescent, de veinules, d'œil chassieux, de paupières à mi-pente et autres joyeusetés faciales.

– Je ne vous crois pas.

– Vous avez tort.

Les yeux clairs ne cillaient pas, il y dansait une farandole moqueuse. C'était incroyable tout ce qui pouvait entrer parfois dans la pupille d'une femme, un manège, toutes les chansons de l'univers, et les clairières et les collines, avec le soleil et les étoiles, en même temps...

Tout était là, contenu, résumé, tout ce qu'il avait aimé, tout ce qu'il aimait encore dans ces quelques centimètres carrés de lumineuse connivence. Tends la main Adrien, tends la main vers elle et oublie tout, il est en elle tant de douceur qu'elle ne peut qu'être pour toi...

Il décolla sa paume de la table comme si elle pesait trente tonnes, et ses doigts tremblèrent vers le visage proche. Ne regarde pas, Aphrosine. Il interrompit l'amorce du geste. Une eau tremblait, entre les cils, c'était un voile vertical, imperceptible ; il grossissait, s'incurvait en goutte : elle bougeait là, vivante dans le coin, elle allait déborder, couler, une crue, toutes digues rompues, raz-de-marée submergeant les planètes...

– Vous avez vraiment tort de ne pas me croire. Je pourrais vous faire une démonstration qui vous laisserait pantois.

Elle pouvait continuer à sourire tout en pleurant, juste une vibration du menton, légère. Elle renifla bravement et effaça les traces d'un revers de coude, un geste de gosse dans une cour de récréation après une torgnole.

– Ne pleurez pas, dit-il. On peut se sortir de tout, toujours. Je peux vous aider, je ferai tout ce qui...

Elle remua la tête avec violence, chassant les émotions.

– Ne vous inquiétez pas, tout va bien pour moi, très bien.

Il se leva, rafla le paquet de gauloises qui traînait sur la nappe, s'en colla une au coin de la lèvre et craqua l'allumette.

– Vous ne fumez pas, dit-elle, arrêtez de faire l'idiot.

Il sentit ses narines exploser et lutta contre l'asphyxie. Ses bronches indignées sifflèrent en corne de brume.

– Je fais ce que je veux, dit-il. Ça fait quarante-trois ans que j'avais envie d'une cigarette.

– Quel âge avez-vous ?

– Quarante-trois ans.

Il sentit ses poumons se débattre et tira une nouvelle

bouffée de plongeur sous-marin. Il y a bien un moment où ça doit être agréable. Ce serait incompréhensible qu'une moitié de la race humaine se fabrique cent milliards de cancers à cause de cette saloperie si ce n'était pas un plaisir sans nom.

– Racontez-moi avant que je craque, dit-il. J'ai lu ce que vous écrivez et je sais reconnaître quelqu'un qui a une décontraction avec l'écriture, c'est la preuve qu'il la maîtrise et il n'y a que la culture qui vous donne ça, qu'on le regrette ou pas. Quels sont vos diplômes ?

– Vous voulez m'engager ?

– Je voudrais en savoir un peu plus sur quelqu'un qui couche dans mon lit sans que j'y sois.

Elle leva la main droite, paume en dehors, en signe de paix.

– La dernière fois que j'ai vu faire ce geste, dit-il, c'était par Gary Cooper dans *Dallas, ville frontière*.

– J'adore Gary Cooper, soupira-t-elle.

Adrien eut un bref ricanement.

– Je vais vous dire quelque chose que beaucoup de gens ignorent. Savez-vous qu'il mesurait très exactement quatre-vingt-quinze centimètres ?

– Ne fumez plus, dit-elle.

Elle se renversa doucement sur sa chaise... Aucune femme ne lui avait donné une telle impression d'abandon.

– Vous avez une très belle maison, Adrien, murmura-t-elle.

– J'ai été très long à l'aimer.

Elle fit rouler la cigarette entre ses doigts, tapotant l'extrémité sur l'ongle de son pouce.

– Quand avez-vous commencé ?

– Il y a quarante-cinq secondes. Au fait, j'ai cru entendre parler d'une mousse au chocolat.

– Vous ne pouvez plus manger, après tout ce que vous avez avalé, ce n'est pas possible, ou alors vous êtes un prestidigitateur.

Je la sortirai de là, rien ne me résistera, ce n'est pas possible cette histoire, c'est trop idiot, il y a trop de gâchis dans tout cela.

Elle croisa les jambes et sa chaise resta en équilibre sur les deux pieds arrière.

– C'est une longue histoire, dit-elle, et parfaitement inintéressante. Mais comme vous avez l'air d'insister, je vais vous la raconter. Je vous dois bien cela.

– Vous ne me devez rien.

– Si. Personne n'a été aussi gentil que vous. En général, lorsque ma présence est découverte, je me retrouve avec les gendarmes aux fesses, quand le proprio ne me cherche pas avec un fusil de chasse et pas toujours chargé de gros sel.

– Allez-y, dit Adrien, c'est parti pour les belles histoires de Tante Lucette.

Il savait qu'il ne l'écouterait pas vraiment, que sa voix, son visage, son regard l'envahiraient, ne laissant plus de place au sens des mots qu'elle prononcerait, mais cela ne comptait pas. Quelle qu'eût été sa vie, elle était elle, et cela seul importait, car il lui en venait une chaleur, une chanson qu'il n'avait jamais entendue ; elle résonnait dans sa tête, lointaine et précise, elle grandirait, dévalant du passé, noyant les jours anciens pour venir là, présente et folle, si forte qu'il en chavirerait. Il tendit la main vers la table.

– Je vous pique une autre goldo, dit-il.

Temps mort à Paris

« Devant ses yeux, à l'autre bout du living-room, la baie s'ouvrait sur la nuit de la ville.

Los Angeles.

Les cactus candélabres poussaient en direct sur la moquette et semblaient, dans la pénombre, d'étranges épouvantails.

Bart soupira, étendit ses jambes et tira de la poche intérieure de son smoking aubergine de chez Gian Carlo Mezzogiorno un cigare bagué de trente-cinq centimètres qu'il faisait fabriquer spécialement à son intention, dans un faubourg de La Havane. L'homme qui les lui préparait était un métis, issu du croisement d'une Afro-Cubaine et d'un chef sioux de la tribu des Arapahoes auquel Bart avait sauvé la vie lors d'une attaque de banque à Singapour en 1967. Il se servait des meilleures feuilles macérées dans la bénédictine, les roulait, saupoudrait de cannelle en poudre, ajoutant quelques gouttes de veuve-cliquot 1953 – la meilleure année – et les faisait sécher dans un air chaud contenant en suspension un mélange de château-margaux et de Chanel *N° 5*.

Il aspira une longue bouffée parfumée, fit jouer la boiserie qui pivota, entraînant un lourd tableau flamand du XVIIe signé Adrian Van de Velde et pénétra dans l'armurerie. Les néons discrets s'allumaient déjà, faisant scintiller les culasses.

Sur la droite, les armes légères, du Derringer miniature KV 102 à chargeur de balles traçantes dissimulable entre deux doigts jusqu'au mortier de 112 à culasse torsadée. Il s'approcha de son préféré et effleura en amoureux le canon du Magnum Genova Killer 350 modifié 92 à mire préréglable, détente magnétique et ordinateur dans la crosse. Il se préparait à le soulever lorsque son instinct l'avertit.

C'était imperceptible, mais il en était aussi sûr que de la présence de son Kunt und Hochter à bande ventilée sur sa hanche droite : quelque chose, ou plutôt quelqu'un, venait de bouger derrière. »

Adrien s'immobilisa.

Vraiment pas la tête à ça...

Mais alors pas du tout du tout...

J'ai la tête à elle. Je n'ai la tête qu'à elle. Et quand je dis la tête, je reste très en dessous de la réalité.

Alors évidemment, les aventures de Bart Semianski, milliardaire et agent secret au service du GIPP (Gouvernement international pour la protection de la planète) me laissent parfaitement indifférent, d'autant plus que la série est lancée et marche toute seule, de sorte que la lecture du prochain à paraître (*Bart Semianski et la couche d'ozone*) n'est sans doute pas pire que les précédents.

Il se dégagea de son bureau et décolla sa chemise de ses omoplates. Envie d'un demi à une terrasse. La canicule durait depuis trois jours et les cafés ne désemplissaient pas. Dix heures du matin et déjà vingt-six au thermomètre. Ça promettait. Paris était une ville d'excès météorologiques, chaque année les printemps surchauffaient : hier soir, il avait dû participer à l'inauguration d'un salon du livre en grande banlieue et avait dû perdre vingt kilos, le mousseux était tiédasse et les petits-fours hyper-sucrés, les maquillages tournaient comme des mayonnaises, l'adjoint au maire chargé de la culture totalement analphabète avait tenu le micro durant un quart d'heure dans une atmosphère de hammam, et tout le temps, il avait eu devant les yeux l'image de la jeune femme de Belange.

Le voyant s'alluma et il décrocha le téléphone. C'était Françoise.

– Alexandre Fournier me demande de vous rappeler de ne pas oublier pour midi.

Adrien se ratatina sous le double effet de la chaleur et du désespoir.

Fournier.

Fournier, c'était les trois plus gros magazines féminins à grand tirage, couleurs, pin-up et papier glacé, c'était grâce à lui que l'on pouvait apprendre qu'un peu d'ingéniosité suffisait à transformer un vieux placard inutilisé en pimpante salle de séjour, qu'une rondelle de concombre macérée dans du jus de poireau était excellente contre l'effet désastreux des taches de rousseur sur un charmant visage, et qu'il était fortement déconseillé de mettre une jupe trop moulante pour une première rencontre alors qu'un tailleur classique avec, pour seule frivolité, un bijou de prix (un solitaire ou tout bêtement un rang de perles fines) ferait parfaitement l'affaire. Et surtout, Fournier, c'était par semaine cinq à six pages sur les livres. C'était lui qui avait fait le succès de *On m'appelait Cocaïne*, mémoires, totalement factices et intégralement réécrits par Léopold, d'une jeune cover-girl tchécoslovaque qui, après avoir posé pour le catalogue de La Redoute dans le rayon bleus de travail, avait éternué trois fois dans de la poudre blanche : elle avait attribué à cela une dégringolade professionnelle qui l'avait amenée à figurer dans les publicités pour bandages herniaires et genouillères Thermolactyl.

Léopold avait évidemment ajouté à cela une sauce plus corsée avec plongée dans l'enfer de la drogue, photographes pervers, tournages de films X à caractère sadomaso, engagements pour les défilés haute couture, souteneurs en tout genre, amoureux paysan resté au village et se noyant dans la slivovitz... Fournier avait étalé ça sur quatre pages avec photos pleine page de l'héroïne, dont l'académie dévoilée et grassouillette avait plus que sensiblement fait grimper les tirages.

Le résultat de tout ça était simple : dans moins d'une heure, il fallait qu'il se trouve à l'autre bout de Paris à piétiner sous les plafonds à caissons du Ritz, dans une foule dense, moite et caquetante, et à serrer la main puissante et manucurée dudit Fournier. Il y avait des choses auxquelles on n'échappait pas.

– Vous m'appelez un taxi, Françoise.

Adieu le demi-panaché terrasse.

En plus, on n'est que mardi. Quatre jours avant de la revoir. Je suis idiot aussi, j'aurais pu lui dire de venir à Paris, elle pouvait aussi bien squatter mon appartement ici, ça ne changerait rien pour elle et tout pour moi. On se serait baladés tous les soirs, à la fraîche, on aurait parcouru les vieux quartiers, La Villette, Montmartre, le Jardin des Plantes, je l'aurais emmenée partout... À la Mosquée tiens, j'ai toujours aimé le café de la Mosquée... Il y a des coins dans cette ville qui sont faits pour s'y trouver avec la femme que l'on aime, ils ont cette légèreté qui convient aux couples qui démarrent, s'enlacent et s'élancent...

Ce sont des endroits-tremplins où l'on se dit que la vie est merveille, qu'il y a de l'espace pour un grand futur plein de bisous, de fougue, de lits en pagaille et de passions en ribambelles... Ça me fait ça sur certains ponts, ça doit être la force du fleuve : je la tiens contre moi, appuyée à la rambarde de pierre et tout est à moi, à nous, pour toujours, de Notre-Dame à l'autre bout de l'horizon. Elle ne boira plus bien sûr, elle pourra repartir, tout est possible... Banalité de dire que les destins basculent, mais le sien a fait plus, il a culbuté. Elle m'a raconté : licenciée en lettres modernes, étudiante en Hautes études commerciales, et un amant qui lui apprend le vin rouge, même pas le bon, le gros, l'épais, le fort, celui que l'on vendait autrefois à la tireuse. Et le besoin monte, s'empare d'elle, les mois se passent sans dessoûler, elle en est à trois litres par jour. Elle ne se rend même plus aux examens, abandonne son mémoire sur Apollinaire. Embarquée trois fois à l'hôpital, vidée de la Cité universitaire, elle se fait épingler pour le cambriolage d'un supermarché, attrape deux mois avec sursis, sort du tribunal et, moins de six heures après, se retrouve au commissariat pour ivresse sur la voie publique. Elle écope de trois mois ferme, quitte la capitale et les copains clodos de la gare du Nord pour entamer une carrière de trimardeuse rurale, c'est là que...

– Votre taxi vous attend, monsieur Beaurecourt.

– Merci, Françoise...

Paris défile derrière les vitres.

Lucette. Je ne m'y ferai pas à ce prénom, mais elle a envahi le paysage. La bouche là-bas, au-dessus de l'Arc de Triomphe, les yeux aux coulées véronèse sourient, envahissant l'Étoile, ils grandissent jusqu'à la Grande-Armée, Neuilly, ses cheveux vont atteindre la boucle de la Seine, se répandre sur les oreillers des banlieues.

C'est terrible une femme que l'on n'a jamais vue couchée...

Je n'ai pas dormi évidemment, il me suffisait de me lever, de traverser le couloir, de me rendre dans la chambre, d'ouvrir la porte, de me diriger vers le lit et c'était gagné : je prenais la baffe du siècle. Au lieu de cela, mon tempérament de guerrier s'est imposé et je me suis tapi sous les couvertures, comptant chaque minute, l'emmenant successivement à Venise par l'Orient-Express, à New York sur le *Normandie* reconstruit pour l'occasion, aux Bahamas en jet privé, à Acapulco en Thunderbird 1953... Il n'y a que le sous-marin que je n'aie pas utilisé cette nuit-là. Je n'ai jamais autant voyagé. Je me suis endormi à l'aube, brisé par les kilomètres, d'autant plus que, dans tous les hôtels où nous descendions, je courais partout pour planquer les bouteilles. La chasse au whisky, au gin, au champagne, je vidais l'eau de Cologne dans les lavabos, je tirais la chasse sur des veuve-cliquot, une cavalcade insensée, permanente, pour éloigner la moindre tentation, guettant les livreurs qui déboulaient avec des caisses de Gévéor, des barriques de beaujolais, des cuves de côtes-du-rhône, un cauchemar de vinasse... Je me suis réveillé dans une odeur de vieux fûts. Mais s'il le faut, nous irons voir Dutillier, il est spécialiste de ces problèmes. Je lui sortirai son livre, du coup : *Les Naufragés du verre en trop*. Il écrit comme il parle, c'est-à-dire en bégayant, mais il me la guérira, il n'y a pas de raison pour que...

– Quinze euros.

Coup d'œil au compteur : c'est exact.

J'émerge. Je suis arrivé. La foule déjà... Je les devine tous par l'enfilade, ce que l'on appelle le monde littéraire ; il s'en dégage le parfum particulier des essaims dans lesquels chaque individu est persuadé qu'il est beaucoup moins con que tous les autres réunis, mais c'est mon univers et il en vaut bien d'autres... Si tu étais là, ma squatteuse, tous seraient adorables. Adieu fielleuses et chichiteuses, prétentiards et plastronnants, nous tracerions dans les salons clinquants le sentier du bonheur sans mélange, alors nous verrions éclore sous chacun de nos pas les roses offertes et la caresse mauve des lilas.

Adrien Beaurecourt, mû par la force de l'habitude, se dirigea vers les buffets pris d'assaut et serra une douzaine de mains avant de s'apercevoir à qui elles appartenaient. Des mots résonnaient, identiques, il lui semblait les voir sauter en lutins, d'une bouche à l'autre : Renaudot, tirage, bide, succès, réimpression... Allons, c'était le métier et, sans lassitude, en professionnel, il plongea dans la nasse. J'espère que là-bas, elle n'est pas déjà ivre morte. Il est un peu tôt encore, mais en la matière le temps ne compte pas...

Extrait du livre d'Héléna Berthold

Psychologie et vision du monde du squatteur

Il ne s'agit pas ici de porter un jugement moral ni même social sur le phénomène du squatt, ce serait tomber dans un double piège : soit considérer que le squatteur est un parasite utilisant à son profit le résultat du travail d'autrui (occupation d'un espace qui n'est pas le sien, consommation de denrées qui ne sont pas les siennes), soit considérer que cet individu rejeté parfois pour des raisons fallacieuses du monde de la propriété (chômage, malchance, injustice sociale, éducation malheureuse, etc.) ne fait, en se servant de territoires et de produits inemployés, que réparer un tort né du système social auquel il appartient. On le chasse par la porte, il revient par la fenêtre, et ne demande en fait qu'une chose : vivre.

Il est, en réalité, sur la corde étroite qui sépare le propriétaire du cambrioleur.

(Chapitre 8, page 202)

Septième week-end

Moins d'une heure plus tard, Adrien reposa en équilibre sur un coin de nappe le verre qui avait contenu sa quatrième vodka-orange, et sentit une onde de faiblesse atteindre ses genoux... Ça, c'est la meilleure : vouloir sauver une victime des fruits de la vigne, et s'écrouler, terrassé par l'orge fermentée. Vraiment idiot.

– Je ne crois à la communication que parce qu'elle est la seule possibilité, dans le monde présent, d'annuler les rapports de pouvoir, dit Fournier. Je m'explique...

Mon Dieu, faites qu'il ne s'explique pas. Quand il s'explique, tout s'obscurcit, et il n'arrête jamais de s'expliquer. Est-ce que je m'explique moi ? D'ailleurs, s'il disait des choses explicables, il n'aurait pas besoin de les expliquer, ce con. Quelle chaleur dans cette taupinière !

– Regardez, nous, auteurs, éditeurs, journalistes, agents littéraires, attachés de presse, nous n'avons plus le droit de nous demander qui est le plus important, qui doit faire ou accepter la pression des autres, nous sommes tous des rouages d'un ensemble qui s'appelle « le livre », dont le destin est le résultat d'un travail collectif, et cela nous le devons à quoi ?

Léopold, qui se trouvait dans l'axe du regard de l'orateur, se cramponna à son verre ballon et intervint avec force.

– À la conumication, dit-il.

Adrien gémit intérieurement.

– À la nomunication, rectifia Léopold.

– Je ne vous le fais pas dire, enchaîna Fournier.

C'est dommage, regretta Adrien, ça aurait empêché mon plus proche collaborateur de s'enfouir dans le ridicule. Le pire, c'est que Léopold ne buvait pas, il trempait ses lèvres dans n'importe quelle mixture au-dessus d'un demi-degré et se mettait à danser la gigue.

– C'est pourquoi je maintiens, poursuivit Fournier, que tout homme de presse possède le pouvoir de l'anti-pouvoir. S'il est vraiment ce qu'il doit être, c'est-à-dire un communicateur, il doit pousser jusqu'au bout ses possibilités. Je m'explique...

Adrien flageola et commença à se replier.

– La monumication, persévéra Léopold à voix violente.

Adrien empoigna doucement mais fermement le bras de son collaborateur et, après quelques reptations retenues, parvint à sortir du cercle. Il croisa quelques regards charbonneusement répréhensifs et entraîna le père Léo contre l'une des hautes fenêtres entrebâillées.

L'air lui fera du bien et à moi aussi. Léopold parut réfléchir, se concentra et dit :

– La municonation.

– Boucle-la, dit Adrien. Pourquoi tu n'as pas pris un Vittel comme d'habitude ?

Léopold parut soudain rêveur.

– J'ai voulu changer.

Son expression passa de l'étonnement à l'entêtement.

– J'y arriverai, même si je dois y passer la semaine : la monucimation.

– Assieds-toi, dit Adrien, et je t'interdis de vomir, tu t'es déjà fait assez remarquer comme ça. Au fait, où tu en es avec ta patineuse ?

Il eut un geste aérien de papillon écervelé.

– À trois ans et demi, elle s'attachait sous les pieds des fers à repasser à l'envers pour imiter Katarina Witt.

– N'en fais pas trop, dit Adrien. Tu sais que c'est ton défaut.

Quand il avait écrit la biographie de Schwarzenegger, il avait raconté que l'enfant, alors âgé de neuf ans, suivait des leçons de piano. Comme il ne faisait aucun progrès, sa mère pénétra un jour dans sa chambre et elle le surprit en train de soulever le Pleyel à bout de bras pour se muscler les biceps. Adrien avait été obligé de couper le chapitre.

Un des serveurs s'approcha. Il avait dû ouvrir un peu violemment une bouteille car sa veste blanche était imbibée de champagne, au point que sa longue tête semblait émerger d'une serpillière.

– Monsieur Beaurecourt ?

– C'est moi.

– On vous demande au téléphone.

Rien de surprenant. Il ne pouvait pas faire trois pas sans qu'on lui coure après. C'est à cela qu'il se rendait compte qu'il était un éditeur dans le vent. Ce devait être Alfonso. Le producteur avait repris contact avec Mourad Bagstein et cherchait à le joindre, et quand Alfonso cherchait, Alfonso trouvait. Adrien avait souvent pensé que, même si le téléphone n'avait pas été inventé, il serait parvenu à faire sonner quelque chose à son oreille.

– Allô ?

– C'est Françoise, monsieur Beaurecourt.

– Je vous reconnais Françoise, je vous reconnais, ça ne fait que dix ans que vous êtes ma secrétaire, mais je vous reconnais.

– Je me permets de vous déranger car vous devez très vite appeler le 02 41 19 53 99.

– Qui est-ce ?

– Le monsieur ne m'a pas dit son nom, il a juste spécifié qu'il était gendarme.

– Un gendarme ?

– Un gendarme. Un gendarme de Doué-la-Fontaine.

Un bistouri lui sectionna instantanément le foie, l'estomac, le pancréas, la vésicule biliaire, les reins, les poumons et quelques organes annexes. Il étreignait toujours le téléphone et personne ne pouvait s'apercevoir qu'il était vidé comme un lapin sur l'étal du boucher. Il se trompa deux fois en composant le numéro et desserra sa cravate.

– Adrien Beaurecourt, ma secrétaire vient de me transmettre votre message et...

– Parfaitement, parfaitement...

Autour de lui, le brouhaha des voix montait par cycles réguliers, et il ne parvint à entendre que des bribes de paroles.

– ... renseignements fournis par le dénommé Augustin Édouard Furet, concepteur-paysagiste faisant office de gardien... interpellé individu de sexe féminin, répondant au nom de Lucette Proznowecksi ou Proznowecki, je n'arrive pas bien à relire, voulez-vous que je vous épelle ?

– C'est inutile, et où est...

– Nous procédons actuellement à une vérification d'identité, l'individu en question ne possédant pas de papiers et...

– C'est une amie ! hurla Adrien. Une amie ! Je la connais bien, elle est chez moi pour...

– C'est pas ce que dit le gardien Furet, il prétend qu'il s'agit d'une vagabonde jamais vue dans la commune.

– C'est un con, Furet, je vous dis que c'est une amie à moi, je la connais bien, elle a toute ma confiance et...

– ... pas opposé de résistance mais certaines de ses réponses...

– ... je ne vous entends pas, il y a une bacchanale infernale autour de moi...

Il respira une ultime bouffée de santal-jasminvétiver-amande amère-verveine-serpolet, et coupa la parole à son correspondant :

– J'arrive. Dans trois heures, je suis chez vous et j'arrange tout ça. Mademoiselle Proznewicki est ma fiancée.

– Proznowecksi.

– C'est cela même, mais ça ne change rien, elle est toujours ma fiancée. À tout de suite, mon capitaine.

Adrien raccrocha. De toute façon, s'il n'était pas capitaine, ça lui ferait toujours plaisir.

En zigzags périlleux et rapides, il traversa la foule et émergea dans le soleil. La place de la Concorde brillait de tous les ors de son Obélisque, de toutes les grilles de ses jardins et tous les chromes de ses embouteillages.

Je vais tuer ce Furet. D'entrée. Concepteur-paysagiste ! C'était la meilleure. Ce crétin n'avait jamais su faire la différence entre une brouette et un saule pleureur. Il poussait une tondeuse molle autour des arbres, passait un bon mois à couper la haie de troènes et s'était catapulté « concepteur-paysagiste » sur les conseils de l'adjoint au maire du village qui lui avait expliqué qu'avec un titre pareil il pourrait faire le même boulot pour trois fois plus cher.

Et cette andouille avait fait du zèle. Il avait dû la surprendre, la dénoncer avec sa tronche de gestapiste-né. Une vraie chance qu'il ne l'ait pas violée avant de la livrer. Il n'y avait qu'à le voir pour s'apercevoir que cet homme avait le vice dans la peau. La brutalité bestiale de ses instincts mal réfrénés apparaissait dans chaque pli de sa salopette... Bon Dieu, je n'aurais jamais dû boire tant de vodka.

Sous ses doigts, le volant de la Jaguar était brûlant.

13 heures 20.

S'il n'amusait pas le macadam, à 16 heures 20 il la délivrerait de la paille humide des cachots.

Jamais fait ça pour une femme. Si c'était arrivé à Micheline, elle aurait pu croupir vingt ans dans un cul-de-basse-fosse avec araignées géantes, rats grouillants, litières moisies, murs suintants, geôlier borgne et quignon de pain hebdomadaire... Déjà, la porte d'Orléans ! Cela signifie que j'ai traversé la moitié de Paris sans m'en apercevoir...

Il ouvrit les vitres pour s'installer en plein courant d'air, prit la file de gauche dès la sortie du périphérique et décida de ne plus la lâcher jusqu'à l'arrivée. Pas question d'Erik Satie pour le moment. Il était le preux chevalier et sa tendre et douce belle était aux mains de rustauds archers du guet et autre maréchaussée, gens de sac et de corde appelés par l'ignoble Furet. Tout cela est parfait : je vais la voir trois jours avant la date prévue ! Béni soit le Seigneur au plus haut des cieux ! L'autoroute était vide. Il jeta un œil au compteur : il était déjà à cent cinquante. Dans la descente, les horizons se déployèrent. Il appuya sur l'accélérateur.

– Et vous comptez vous marier quand ?

Adrien ne battit pas d'un cil.

– En août, dit-il.

Lucette sourit chastement et baissa les yeux. Tous s'attendaient à la voir rosir. Elle évoqua quelques secondes une sainte dans une niche de chapelle.

– Le 17, chuchota-t-elle.

Le gendarme Parembaud hocha la tête. Ce qui, de loin, paraissait chez lui le plus remarquable était les plis de sa chemise, le reste ne valant pas le détour ; mais les plis étaient un modèle du genre : il y avait les latéraux barrant les omoplates et les longitudinaux courant sur les avant-bras.

– En tout cas, dit-il, ce qui reste établi, c'est que mademoiselle n'a pas pu nous présenter les papiers que nous lui demandions.

– Est-ce un délit ?

Parembaud eut une remontée de moustache.

– Chaque citoyen se doit de les avoir en prévision de toute demande émanant de personnes habilitées, en conséquence de quoi...

– Je les ai oubliés, dit Lucette. Je suis très étourdie.

– Vous avez refusé également de donner votre domicile et...

Adrien leva une main pontificale.

– Simple délicatesse, mademoiselle Proznowecksi vit chez moi.

Parembaud recula son siège de vingt bons centimètres. Il aimait se donner de l'espace lorsqu'il était question de réfléchir. Sur son front, la marque du képi dessinait une nette démarcation, crâne blanc-visage de bronze, vanille-chocolat. Une tranche napolitaine.

Il respira fortement, frémit des narines, croisa les

doigts, fit craquer les phalanges, rentra le ventre, se gratta la tête, loucha par la fenêtre, fronça les sourcils et dit :

– Bon.

Il allongea les jambes, fit grincer son siège, agita les orteils à l'intérieur de ses chaussures réglementaires et ajouta :

– Très bien.

Adrien se leva, tout sourire, et prit le visage ouvert, à la fois joyeux et serein, de l'homme au-delà de tout reproche et dont la vie est un exemple vivant de civisme et de respect des lois.

– Merci encore de votre célérité, et excusez-nous du dérangement.

Parembaud secoua la tête. Manifestement, et fort confusément, quelque chose dans cette histoire était louche. Il le sentait.

L'instinct du limier.

C'était dans les os. Donc, du louche. Mais quoi ? Là, commençaient les difficultés. Et ça, c'était le problème de Parembaud : le louche, il le reniflait, à cent kilomètres. Quand quelque chose se mijotait, il dressait la moustache, un renard. Mais c'est après qu'il était moins à l'aise. Dans la phase deux. Phase 1 : il y a du louche. Ça, bon, OK, imbattable. Phase 2 : qu'est-ce qui est louche ? Ça, c'était autre chose, nécessité absolue de laisser faire les spécialistes. Chacun son domaine, et lui Parembaud, il était l'homme de la phase 1. Il fallait savoir rester à sa place.

Son regard glissa sur les machines à écrire, les coupes de tir dans la vitrine, les fanions, les trophées de la brigade et, d'un geste frôleur, il caressa la visière de sa casquette posée sur une pile de dossiers. Il y eut tant de tendresse dans le mouvement qu'Adrien crut entendre le couvre-chef soupirer de bonheur.

– Affaire classée, dit-il.

Lucette et Adrien sentirent le regret percer dans sa voix. Il y avait eu des squatteurs récemment dans la région et, avec cette fille, il avait pensé tenir une piste, voire la coupable. Un instant, il avait cru atteindre la phase 2, voire la phase 3 : détermination et arrestation du ou des coupables. Pas encore pour cette fois, Parembaud. Raté.

Ils sortirent dans le soleil.

Jolie. Plus que jolie.

Bon sang, elle est là, je n'y crois pas.

Ils grimpèrent ensemble dans la voiture garée juste devant la gendarmerie. Adrien mit le contact et parla en espion, du coin de la bouche, sans remuer les lèvres. James Bond contre Parembaud.

– Il se méfie, dit-il. Il nous regarde par la fenêtre. Embrassez-moi sans vous retourner.

– Vous êtes gonflé, dit-elle. Ce n'est pas parce qu'on se marie dans trois mois qu'il faut vous croire tout permis.

– Effaçons les doutes de son âme obscure.

Il l'enlaça, se fracassa la rotule contre le changement de vitesse et fondit comme un sucre dans un volcan.

Elle lui effleura les lèvres. Sous ses paumes, les épaules étaient tendres. Du muscle aussi.

– Un vrai baiser, dit-il. Il a pris ses jumelles.

Leurs bouches se joignirent. Noix de muscade. Rien à voir avec le cortège emberlificoté des parfums haut de gamme. Noix de muscade, un point c'est tout. Je l'aime. Ça ne m'a jamais fait ça.

C'était élastique et léger, plénitude, tempête, ouragan, typhon et petits zoizos, symphonies déferlantes et cui-cui de sansonnets, torrents et vallées, victoires et défaites, soies et velours, tangos et gavottes, rutilances et chatoiements, Italie et Kilimandjaro, oh et puis merde.

Elle se dégagea avec une lenteur paisible mais essoufflée.

– Ce n'est pas vrai, dit-elle. Il n'a pas jeté un seul coup d'œil.

– Comment pouvez-vous proférer de pareilles contre-vérités ? protesta Adrien.

– Le rétroviseur, dit-elle, j'ai vérifié. Pas un gendarme à une seule fenêtre.

Sur le visage d'Adrien Beaurecourt, une expression offensée se manifesta.

– Insinueriez-vous par là que j'ai usé d'un stratagème pour vous attirer dans mes rets ?

Comment pouvait-elle bien faire pour se coller autant de rire dans les prunelles ?...

– Je le crois fermement.

– Vous avez raison, il n'y avait pas de gendarmes. Mais avouez que j'ai bien fait.

– Ça reste à prouver. En tout cas merci de vous être déplacé. Je crois que je vous ai fourré dans un merdier.

Le paysage défilait. Aucun printemps n'avait été semblable à celui-là. Les forêts craquaient de sève, soulevant toutes les feuilles de leurs arbres en un brushing vivace, une lumière coulait des collines au fleuve, un fleuve aux sables d'or.

Il freina brusquement.

– Au fait, vous ne tapez plus dans mes bouteilles !

Elle tourna la tête vers la Loire : dans le contre-jour, les cheveux frisaient, couleur de bière blonde.

– Vous vous en apercevez à quoi ?

– Au baiser. Pas le moindre bouquet de bordeaux.

– Ce que j'aime en vous, c'est votre romantisme. J'ai arrêté depuis trois jours.

– Pourquoi ?

– Je ne sais pas.

– C'est dur ?

– Oui.

– Parfait.

Il rembraya.

– Je ne regrette pas d'être venu, dit-il.

– Je suis assez d'accord sur ce point, je vous préfère à une garde à vue.

– Je me permets de prendre ça comme un compliment.

Les tourelles de Belange émergeaient de la coulée des marronniers. La voiture s'engagea dans le parc. L'herbe était haute, le concepteur-paysagiste avait dû somnoler sur la tondeuse. Adrien descendit le premier.

– Vous allez pouvoir profiter du soleil, dit-il. À présent que nous sommes officiellement destinés l'un à l'autre, plus besoin de vous cacher.

Elle fit quelques pas, respira avec retenue l'air bourré de riche chlorophylle et s'étira. C'est à ce moment qu'il s'aperçut qu'elle portait son vieux pull à col roulé qu'il gardait en vue de bricolages éventuels, et un pantalon de marin acheté sur le port de Rosporden dans les années soixante-dix, alors qu'il s'apprêtait à aller pêcher le maquereau sur un chalutier. Bien que retroussée, la toile épaisse lui battait les talons.

– De plus, il va falloir changer de tenue. Je suis ici considéré comme le seigneur du village, et il ne siérait point que ma compagne fût vêtue d'oripeaux. Il vous reste une de vos fameuses cigarettes ?

Elle extirpa de souterrains replis trois gauloises froissées.

– La dernière fois, vous avez failli exploser, dit-elle.

– Je vais m'habituer. Vous connaissez le kiosque ?

Elle hocha négativement la tête et craqua une allumette. Il aspira la fumée et retrouva instantanément cette impression d'être transformé en quatre-vingts kilos de TNT.

– C'était mon coin préféré, haleta-t-il. J'y ai joué toute mon enfance. Attention aux orties.

Ils s'enfoncèrent dans le sous-bois. Le terrain déclinait et, contre la paroi, les retombées de lierre masquaient l'entrée des grottes. Elles avaient servi d'habitations, aujourd'hui elles étaient abandonnées. À l'intérieur, par endroits, la voûte s'effondrait. Ce coin avait été son royaume. À plusieurs reprises, Aphrosine l'avait découvert endormi dans ce labyrinthe, épuisé par ses cavalcades d'enfant.

– Voilà.

C'était dans une cuvette d'ombre, là où le feuillage était plus épais ; une fraîcheur humide y rôdait toujours, même durant les moments les plus forts de l'été. Ils distinguèrent d'abord, cerné par les vieux murs des anciennes douves, le toit en pagode chinoise. Adrien écarta les dernières branches et ils furent devant le kiosque. Il s'élevait sur quatre marches que le temps avait éboulées, l'herbe poussait entre les dalles et la vigne avait recouvert les piliers de bois d'un entrelacs de veines et d'artères fibreuses où s'incrustait la mousse, les fauteuils de rotin pourrissaient doucement.

Adrien s'assit. Il retrouva la vieille odeur mouillée d'herbes et de branches mortes.

– Vous aimez cette maison, dit la jeune femme, plus que vous ne le croyez...

Cela venait d'où cette émotion qui le gagnait ?... Du contraste peut-être. Il y avait quelques heures à peine, il ingurgitait des canapés de faux foie gras des Landes sous des tonnes de décibels, et soudain cette retombée au profond du silence, et c'était avec elle.

Il la fixa.

– Quel effet ça vous fait de vivre au grand jour ?

Instinctivement, entre les ombres des frondaisons, elle chercha une ouverture et y plaça son visage, ingurgitant la lumière par tous les pores.

– Je dois m'habituer. Je crois que c'est bien.

Ils me cherchent en ce moment, Françoise court partout, Alfonso, les auteurs, les amers, les furieux, les déçus, les comblés, les ravis, les collègues, les médias... je m'en fous...

– Vous avez tout planté, dit-elle. C'est vraiment gentil.

– Plus que ça, c'est exceptionnel et, osons le mot, c'est grand.

Elle rit bien. C'est rare, une femme qui rit bien, pas facile à trouver. Elle, elle rit bien, détachée, en ruisseau, cascade claire, avec juste ce qu'il faut de roucoulade en fond de gorge.

Le mégot lui brûla les doigts.

– On a du pain sur la planche, dit Adrien. Je vais quand même donner de mes nouvelles à Paris, passer chez Furet pour que vous puissiez être peinarde, et il va aussi falloir songer à vous habiller autrement qu'en scaphandrier des gadoues. Ce ne sera pas de la haute couture, mais il y a un magasin sur la place.

– Pas question, dit-elle, vous n'allez pas commencer à m'entretenir. Je sais bien que j'ai sifflé vos réserves liquides et solides, mais ça, certainement pas.

Adrien se pencha.

– Vous ne croyez tout de même pas que je vais vous trimballer avec moi fringuée comme vous l'êtes. On pourrait ce soir se faire un restaurant qui...

Elle étendit les jambes devant elle, ce qui lui permit de découvrir qu'elle portait ses vieux rangers. Il les avait achetés en octobre 72 aux puces de Los Angeles, dans un surplus militaire spécialisé dans les Marines et autres corps d'élite. Elles avaient deux pointures de trop et il les portait l'hiver avec deux paires de chaussettes de laine, lorsqu'il allait couper du bois.

Il écarquilla les yeux.

– Ne me dites pas qu'elles vous vont bien...

– Elles contiennent chacune un paquet de coton, un quotidien du soir avec le supplément économique, et un pied.

– Ne faites pas l'idiote. Il faut vous acheter vêtements et chaussures à échelle humaine.

L'ombre d'une feuille dansait contre le front de la squatteuse.

– Une question : avez-vous idolâtré votre mère et considérez-vous ses affaires comme un dépôt sacré, une sorte d'intermédiaire entre le musée et le saint sacrement ?

– Ma mère était colonel et devait approximativement mesurer trois mètres de haut.

– Je sais coudre, dit-elle. Est-ce que votre sang se mettrait à bouillir si j'utilisais une des robes maternelles que j'ajusterais à ma taille ?

– Mais Aphrosine, qui est née dans les années vingt, a toujours pris grand soin de s'habiller avec un demi-siècle de retard, gémit-il, vous allez tomber en plein second Empire...

– C'est mon affaire, ne vous inquiétez de rien.

– Facile à dire.

Il téléphona. Ce qui était prévu se réalisait : Françoise l'avertit que la France entière le cherchait, de l'avocat de la maison pour l'un des deux procès en cours à un Alfonso hystéro-apoplectique... c'était urgentissime, il avait arraché un rendez-vous avec le tsar des sunlights pour le soir même.

Adrien l'appela et fut net. Il résuma l'essentiel de sa pensée en un unique adjectif :

– Impossible.

La voix qui répondit ne ressemblait plus à celle du producteur, c'était celle d'un martyr roué de coups, pénétrant dans la fosse aux lions.

– Adrien, tu me tues. Tu sais que tu es en train de me tuer ? Redis-moi ça lentement pour que mes oreilles s'habituent. « Impossible », pour que le son atteigne mon cœur, pour que je puisse comprendre que tout s'effondre parce...

– Je te fais un doux bisou, Alfonso. Très doux.

Il raccrocha au ralenti, se hissa sur la pointe des pieds, arrondit harmonieusement ses bras au-dessus de sa tête et entama un condensé gracieux du dernier acte du *Lac des cygnes*.

Heureux. Mieux que ça : Heu-reux.

Extrait du livre d'Héléna Berthold

Psychologie et vision du monde du squatteur

De toutes les formes d'itinérance que la race humaine peut fournir, celle du squatteur est la plus singulière ; on devine chez lui très souvent un réel attachement pour les lieux qu'il occupe, et dans lesquels il tente de se maintenir le plus longtemps possible : tout se passe comme si cette fixation était une compensation à un manque affectif réel ou seulement éprouvé, et il n'est pas rare de voir un individu ou un groupe de squatteurs se sentir victimes d'une injustice alors qu'ils sont chassés.

Pour eux, affection vaut propriété, chaque reprise de route est déchirement et est vécue à l'inverse de la mentalité tzigane ou bohémienne selon laquelle tout départ est une obéissance fataliste à un destin à la fois religieux et programmé.

(Chapitre 10, page 248)

Suite du week-end précédent

– Comment avez-vous dit ?

– Éliane.

– Elle vous appelait Éliane ?

– Jusqu'à l'obtention de mon baccalauréat.

Adrien regarda les larmes de rire couler le long de ses joues et crut qu'elle ne s'arrêterait jamais. Il soupira et ajouta, explicatif :

– Elle voulait une fille...

Elle redoubla et faillit tomber de sa chaise. Une fois de plus, il vérifia : elle avait très peu bu. Un verre, le début d'un autre ; elle se contrôlait visiblement.

Dans la lueur des bougies, la salle du restaurant était déserte. La Loire invisible dans la nuit venue coulait en contrebas, lointaine. Les collines montaient en pente douce vers le nord et, dans les vitres ouvrant sur la terrasse du château, ils pouvaient apercevoir leur reflet. Dans l'enfilade des colonnes, deux garçons en smoking, hiératiques, pointaient leur pomme d'Adam au-dessus du papillon de leur cravate. Sur la nappe damassée, Adrien regarda briller l'argent des couverts et ses yeux remontèrent vers sa compagne. Elle était parvenue à s'agglutiner un chignon sur la nuque, à la fois sage et désordonné... Il se souvint du choc qu'il avait éprouvé lorsqu'elle était apparue dans le hall de la maison. Avec trois épingles et deux mètres de fil, elle s'était ajusté une robe austère de velours noir, une robe de grand deuil pour princesse héritière et de grande drague pour institutrice dominatrice à tendances morbides. Elle l'avait prévenu :

– Je ne bougerai pas trop, ça peut craquer d'une seconde à l'autre.

Elle ressemblait à un sourire dans le noir... elle était, d'un coup et sans effort, Ava Gardner, Cyd Charisse et Félicienne Petirillon, son ex-voisine du dessus, dont il avait été amoureux entre le cours préparatoire et le cours élémentaire deuxième année. Il le lui avait d'ailleurs dit et elle avait semblé flattée.

Elle posa ses coudes sur la nappe et son menton dans ses paumes, les flammes minuscules vibraient dans ses prunelles.

– Racontez-moi, dit-elle. Que vous est-il arrivé après ? Comment s'y prend-on pour devenir un grand éditeur parisien ?

Il haussa les épaules.

– La recette est simple : une bonne dose de mauvais goût, une grande absence de scrupules, le sens du marketing et un bon comptable.

Il prit la même position qu'elle. Moins de trente centimètres les séparaient.

– Parlez-moi de vos conquêtes, de vos femmes.

– Elles sont légion, toutes plus sculpturales les unes que les autres. Toutes y sont passées, de Miss Monde au dernier Prix Nobel... Parlez-moi de vos hommes.

« Les femmes naissent de la nuit. » Qui lui avait dit cela ? Un auteur de chez lui sans doute, ils étaient plusieurs à pouvoir sortir ce genre de remarque définitive, parfaitement romanesque mais totalement idiote...

– ... il avait douze ans et demi et m'a fourni en carambars pendant six mois, il est allé jusqu'à voler pour moi des 45 tours de Julio Iglesias. Il faisait de très gros efforts pour ressembler à Burt Reynolds, mais sans moustache il courait à l'échec...

Comment cette magie s'était-elle installée entre eux ?

Ils étaient dans une île, quelques serveurs-récifs émergeaient de loin en loin, le brillant de leurs revers goudronnés évoquait la laque de goémons léchés par la houle. Tout à l'heure, le restaurant tout entier, cuisines comprises, lèverait l'ancre, ils dériveraient jusqu'au fleuve et ils en suivraient le cours jusqu'à la mer, les rives défileraient, disparaîtraient. Quel serait ce monde dans lequel ils pénétreraient ? Océan ou ciel ? Étoiles ou abysses ? Quelle importance... Éternellement, ils seraient ce couple doucement tournoyant, si lourd de promesses, valse des désirs futurs.

– ... je suppose que la fièvre m'avait affaiblie, et c'était déjà ridicule d'attraper la varicelle à dix-huit ans, mais y ajouter un premier amant n'avait rien pour me réjouir, d'autant que notre union n'avait pas dépassé les cinq secondes chrono. Je mis cette vélocité sur le compte du trouble causé par la présence parentale dans la chambre voisine. Il s'appelait Bédarieux. Antoine Bédarieux. Il jouait au ping-pong. Je l'avais d'ailleurs surnommé « Ping-Pong », non pas parce qu'il pratiquait ce jeu, mais parce qu'il demeura étonnamment rapide pour les choses de l'oreiller.

Comment la nuit se terminera-t-elle ? Je dois être à Paris demain, tôt... N'y pense pas, ne prévois pas, pas de plans sur la comète puisque la comète est déjà là, laisse aller pour une fois, coule avec le temps, avec l'espace, tu tends ta main et elle est là, et viendra bien l'instant où cessera le voyage, peut-être sans le vouloir, et elle sera contre toi dans un tournoiement fixe où tu viendras mourir... Mais qu'est-ce qui m'arrive, moi ? je déconne ou quoi ?!

– Un autre café ?

Son sourire s'accentua. Machinalement, elle chercha les cigarettes sur elle et laissa retomber sa main.

– Avec plaisir.

Adrien leva un doigt et deux garçons jaillirent des starting-blocks.

– Deux cafés et des gauloises.

Elle lui sourit.

– Vous vous y êtes mis... Je vous avais prévenu, ça vous sera difficile de décrocher.

Il montra sur la table la bouteille à moitié pleine.

– Pas plus que vous. Vous avez l'air d'y arriver parfaitement.

– Ne vous y fiez pas, il m'est arrivé de rester huit jours sans une goutte d'alcool, de me croire tirée d'affaire et ce n'était pas le cas. Les choses ne sont pas aussi simples...

– Vous en avez envie en ce moment ?

Lorsqu'elle réfléchissait, elle avait des pattes-d'oie autour des yeux, deux de chaque côté, imperceptibles.

– Non, pas du tout.

– Pourquoi ?

– Je ne sais pas.

– Vous pourriez avoir la politesse d'avouer que ma présence envoûtante vous fait tout oublier.

Elle empoigna la bouteille.

– Un petit coup pour la route, monsieur Adrien ?

La première fois qu'elle le disait. Adrien. Un prénom magnifique, Adrien.

– Sans façon.

Les cafés arrivèrent. Ils allumèrent leurs cigarettes en même temps au même bougeoir. Un synchronisme de vieux film des années trente.

– Quelque chose se passe ?

Des yeux peints... Voilà, c'était cela qu'il cherchait depuis le premier jour et qui était si étrange en elle. La plupart des femmes possédaient deux yeux, tout bêtement, elle aussi d'ailleurs, rien d'exceptionnel. Mais les siens étaient peints. Aquarelle : véronèse avec reflets laqués de nénuphars.

– Vous voulez dire entre nous ?

– Je veux dire entre nous.

Elle recula, happée soudain par la part d'ombre. Les

flammes montèrent, droites et sèches, quelque chose de rectiligne cassa les courbes.

– Écoutez, Adrien. Vous êtes un homme riche, connu, important...

– Vous pourriez ajouter beau, élégant et en bonne santé.

– Vous naviguez au milieu d'écrivains, vous avez un château à la campagne, un appartement à Paris, vous brassez des millions, des affaires, et vous avez en face de vous une semi-délinquante, poivrote qui vous squatte sans scrupules, qui a failli partir vingt fois avec les petites cuillères pour s'offrir trois litres de côtes-du-rhône, alors ne me dites pas que quelque chose se passe, parce que si quelque chose se passe vraiment, ce quelque chose ne doit pas être grand-chose.

Fumée. C'était pas mauvais lorsqu'on s'y habituait... Il avait dépassé les âcretés premières pour atteindre un fond de réglisse avec un relent de feuilles brûlées... La goldo était une cigarette d'automne...

Adrien détacha la cendre d'un coup d'ongle.

– Vous voulez dire par là que nous jouons la version moderne du Prince et de la Bergère ?

– Pire que ça.

– Pour faire une conversation sérieuse, il faut être deux, et vous ne jouez pas le jeu. Je vous demande s'il y a quelque chose entre nous, et vous me répondez différence de fortune. Je ne vois pas le rapport.

L'épaule de la jeune femme avança dans la lumière, la moire de la robe se diapra de couleuvres nocturnes.

– Qu'est-ce que vous cherchez, Adrien, à m'avoir cette nuit dans votre lit ?

Il se dressa et la fixa avec sévérité.

– Si vous avez cru une seconde, que dis-je, une seconde, une fraction de seconde, que le but que je poursuivais était de coucher avec vous, si vous soupçonnez que je n'ai cherché, depuis le début de notre rencontre, qu'à atteindre un dessein sexuel, si vous avez cru cela, eh bien... je suis obligé de vous le dire avec un immense regret, et c'est pour moi une gigantesque déception, ma chère enfant, mais vous avez exactement mis dans le mille.

Elle se mit à rire. Il se demanda si c'était parce qu'il le désirait par-dessus tout, mais il y avait de la tendresse dans sa voix.

– Vous êtes un type drôle, dit-elle. Drôle et gentil.

– Vous n'avez encore rien vu, lorsque je me déchaîne, il y a de quoi se tordre.

Elle réussit coup sur coup deux anneaux de fumée, et passa l'index au travers ; quelques instants, ils tremblèrent autour des phalanges.

– Si cela arrivait, dit-elle, ce serait une histoire comme dans les films américains... ceux avec Redford ou ce genre d'acteurs. La fille sans le sou qui épouse le milliardaire. En général, ils partent ensemble aux Bahamas.

– Faisable.

Laconique et éloquent. Sa réponse l'avait surpris lui-même.

– Pas faisable, dit-elle.

– Pourquoi ?

Elle avait des doigts longs, à la naissance du pouce une égratignure, la croûte s'était formée, elle avait dû s'accrocher à des ronces.

– Ma réponse tient en trois lettres : BOB.

Danger. Trois petites lettres peut-être, mais grand danger.

– Bob ?

– Bob.

– Ah, ah, dit-il, je suppose qu'il va nous falloir parler de Bob.

– Je le suppose aussi.

– Eh bien alors, allons-y...

Il prit sa respiration comme s'il allait tenter de battre le record d'apnée dans une mer démontée. Quand il eut l'impression de nager dans son propre oxygène, il lâcha précautionneusement :

– Qui est Bob ?

Elle écrasa son mégot.

– Mon mec, dit-elle.

Il avait dû atteindre le fond de l'océan, ce n'est qu'en cet endroit que le silence pouvait être aussi bruyant.

– Un quatrième café ? demanda-t-il.

Cette fois, non seulement il ne dormirait pas de la nuit, mais il ne trouverait pas une minute de sommeil avant la consommation des siècles, et la consommation des siècles, ça ferait long.

Horreur de cette chambre.

En plus de ça, j'ai le pouls à cent quarante. Dans le miroir de la salle de bains tout à l'heure, je me suis fait peur, j'ai cru que mes yeux allaient jaillir de leurs orbites. Je n'ai jamais vu quelqu'un de plus réveillé que moi. Six cafés à la suite, je ne suis pas près de sombrer. Ou alors, la semaine prochaine. Une vraie tête de réveille-matin.

Qu'est-ce que je pourrais faire ? Trop énervé pour lire... je n'arriverai jamais à passer d'une ligne à l'autre. Repeindre les poutres ?

Idiot de rester couché là. Un petit tour à la fraîche. Après tout, quoi de plus normal ? Il n'est jamais que quatre heures du matin...

Mon vieux survêtement, mes vieilles baskets. Un vieux mec dans une vieille chambre, tout est vieux ici et moi encore plus, je pèse trois siècles ce soir et je m'effondre. Pas comme Bob.

Parce qu'on a parlé de Bob, évidemment, pas moyen de l'éviter celui-là. Et vous savez ce qu'il fait, le dénommé Bob ? Non, vous ne le savez pas ? Je vous le donne en mille : il est squatteur.

Beau métier, non ? Ces deux-là sont vraiment faits pour s'entendre. Un vrai roman pour mémé Cartland. Ils se sont connus aux Restaurants du Cœur. Le coup de foudre au-dessus des casse-croûte, ils partageaient leurs paniers sur les bancs des squares, c'est là que leur est venue l'idée de partir dans la nature. Pas un lascar aussi habile que le Bobby pour crocheter les serrures... ils en ont coulé des jours heureux dans les fermettes normandes : le vendredi, ils partaient en week-end, tranquilles, ils avaient même récupéré une vieille quatre chevaux, toujours l'habileté du bon Bobby à mettre les mécaniques en marche, et en avant pour le trimard du bonheur... De temps en temps, ce bon et brave Bobby allait faire un petit tour du côté des tribunaux correctionnels parce qu'il avait la main un peu rapide sur les litrons des supermarchés de province, mais rien de grave... deux mois après, qui c'est qui avait sa levée d'écrou ? C'est Bobychou. Et qui c'est qui était à la porte, bras en croix, pour accueillir la septième merveille du monde ? La petite fiancée de l'amour, mademoiselle Proznowecksi.

Incroyable.

Je croyais cette fille intelligente, eh bien, pas du tout, elle préfère un autre que moi.

Incompréhensible.

En tout cas, elle dort, elle, pas de souci à se faire pour elle. Elle fait bien d'en profiter parce que demain, ça ne va faire ni une ni deux : la porte. Et elle a intérêt à filer doux.

Les filles de la route et du pinard retournent au pinard et à la route. Du balai.

Je la vois qui s'éloigne avec son baluchon vers son destin précaire, allez hop, bon vent. Non mais, sans blague. Le plus fort de tout, c'est que Bob est dans le coin. Il avait des affaires à régler dans les environs, paraît-il. On peut imaginer le genre d'affaires que ce type peut traiter. Échangerais trois litres de picrate contre deux paquets de gros gris et un tire-bouchon.

Plein d'étoiles. Je m'en fous. Pas de poésie ce soir. Aldébaran, Bételgeuse, la Grande Ourse, le Petit Chariot, tout le panier de crabes, à la poubelle. Finies les rêvasseries. Lamartine, Verlaine et Rimbaud et *tutti quanti* au panier. D'ailleurs, à partir de demain, je rogne sur tous les salaires, ils en ont pris un peu trop à leur aise à la boîte, et une augmentation par-ci, et une prime par-là, et je ne parle pas du double mois en fin d'année... Changement de cap à trois cent soixante degrés. Finies les abondances, nous pénétrons dans les eaux saumâtres des restrictions drastiques. Recherche de l'efficacité optimale et du rendement maximal. À la japonaise. Léopold en particulier va m'entendre. « Alors, cette bon Dieu de patineuse, elle avance ou elle recule ?

– Elle glisse, Adrien. Elle glisse doucettement.

– Pas de doucettement. Je veux la voir terminée sur mon bureau ; quatre cents pages de vingt-cinq lignes. Tu as huit jours.

– Mais Adrien !

– Pas d'Adrien, on dit monsieur Beaurecourt.

– Mais monsieur Beaurecourt...

– On ne dit pas "mais" non plus. Huit jours, pas un de plus. Après, tu enchaînes sur Boris Maskarovitch.

– Le joueur de tennis ?

– Le joueur de tennis.

– Mais il a treize ans et demi !

– Aucune importance. On prévoit qu'il va gagner Roland-Garros, et puis ton pourcentage sur les ventes n'est plus de six mais de trois pour cent. Rompez. »

On retrouva Léopold pendu dans sa propre cuisine avec sa propre serviette de table, il avait tenté, sans succès, de s'asphyxier quelques minutes auparavant avec le propre four de sa propre cuisinière.

Ne plus jamais boire une seule tasse de café, j'ai l'impression que mon cerveau gambade à une trentaine de kilomètres de ma boîte crânienne.

Bob.

J'avais bien besoin de celui-là. Elle était pour moi pourtant, je le sais, je le sens, j'en suis même sûr. Ce n'est pas qu'un truc physique. J'ai toujours eu à mes côtés une présence en creux, une absence de femme, il m'est arrivé de la sentir dans des endroits incongrus : au cœur d'une foule, dans mon bureau parfois, l'été, en voiture aussi, à la télé les soirs de Pivot lorsque j'accompagnais un auteur, c'était un frôlement contre mon bras ou ma hanche, une tête posée sur mon épaule... Je tendais le bras et je sentais une taille, le dessin d'une nuque. Elle s'est ajustée exactement à ces mesures, elle s'est adaptée parfaitement, comme une mécanique vivante, huilée, elle a comblé chaque parcelle du vide. Elle était cette femme que l'on peut regarder en se disant : C'est elle, je ne me suis pas trompé.

La fraîcheur montait des herbes. Qu'est-ce qui apportait cette humidité soudaine ? Le chagrin des plantes, les larmes nocturnes de la terre qui sortaient peu à peu...

Je suis le seul vivant sur la planète. Elle dort, évidemment. Elle a raison : elle est chez elle. Moi, je rôde. Je squatte d'une certaine manière.

Elle rêve peut-être. Sans doute de Bob. J'aimerais bien voir la tête qu'il a, celui-là. Parce que je lui ai tout de même posé des questions à son sujet, mine de rien... Je lui ai demandé ce qui l'attirait vers lui. Tout de même... un semi-clodo. Je me suis enferré dans mes réflexes de classe, de culture, comme si on ne pouvait pas aimer autre chose que des agrégés de grammaire latine ou des diplômés de Sciences éco, alors qu'en fait il suffit de... Il suffit de quoi d'ailleurs. Si seulement je savais de quoi il peut suffire...

Et si je la violais ?

J'ai toujours tendance à choisir des solutions larvées, transitoires, relatives, je fuis l'action directe, le définitif... Si j'en finissais une bonne fois pour toutes avec les préambules et les digressions ?

Pas compliqué : je rentre dans la maison, je monte à l'étage, je pousse sa porte, si elle a mis le verrou, je l'enfonce, je me jette sur elle et c'est Reichshoffen. ELLE crie, se débat, m'insulte mais ses bras faillent, ses yeux se voilent, désir et plaisir mêlés se fondent, elle m'enlace, elle me veut, elle m'engloutit, me submerge, me lamine, me foudroie, et, en vertu de quoi, condamnons Beaurecourt Adrien à quinze ans de prison ferme pour viol aggravé sur la personne de sa squatteuse : gardes, emmenez le prisonnier.

Les ombres du parc se firent moins denses. C'était une tentative individuelle de chaque tronc, de chaque branche, de chaque feuille pour apparaître, les murs de

Belange forçaient de toutes leurs pierres pour passer de l'invisible au perceptible. Cette volonté créait le matin, la lumière n'était que cette force déployée par les choses pour être vues. Le jour n'était pas dû à la rotation des mondes mais naissait de l'énergie des choses vivantes ou inanimées à conquérir leur droit au visible...

L'aube venait.

Adrien prit le chemin du kiosque. Ce serait bien de s'installer là pour le peu de temps qui le séparait de ce nouveau jour. Dans ce creux où la pénombre s'attardait le plus, dans l'odeur épaisse d'herbes mouillées, il attendrait que les derniers fils du manteau sombre se soient décrochés du piège des branches emmêlées.

Retrouver le vieux nid, le petit fantôme des jeux d'été, lorsqu'il courait et que le soleil haut frappait sur le toit en pagode, découpant des ombres angulaires. Oui, ce serait bien. Et dès que la façade de Belange virerait au vieux rose des premiers rayons, il prendrait la route pour Paris.

Je ne la réveillerai pas.

À quoi bon ? Elle peut rester tant qu'elle le veut, elle le sait. Si elle s'en va, je lui serai reconnaissant de mettre le feu à la maison en partant, que tout disparaisse et que nul ne s'en souvienne.

Une branche le fouetta, déposant une traînée de gouttelettes sur son avant-bras. Il faudrait que je coupe les pousses des noisetiers. Elles montaient chaque année davantage. Ces droites chandelles avaient été les épées de son enfance, il avait, avec elles, embroché maints félons. Il gravit les marches et se laissa tomber sur le fauteuil d'osier qui craqua sous la charge.

Peut-être allait-il dormir finalement quelques heures. Il suffisait de se calmer, de penser à autre chose. Qu'est-ce que c'est que ça ? Quelque chose enfla à ses pieds. Il avait failli marcher dessus. Une bête ? Il avait trouvé des lapins dans le coin, mais ça, c'était autre chose... bien plus gros. Il chassa la peur qu'il sentait venir. Un gros chien ? Enragé peut-être. Des histoires couraient sur les chiens de la région. Réagis, voyons, tu n'as plus douze ans...

Il avança le pied, tâta de l'orteil et poussa. Un grognement arrêta son geste.

– Bon Dieu, dit-il, qu'est-ce que vous foutez là ?!

La masse oscilla et, quelques secondes, la couverture parut se soulever seule. Malgré la lueur encore faible du ciel, il distingua le visage coupé de bacchantes horizontales et fournies. Contre le pilier de la gloriette, un sac à dos, entraîné dans le mouvement, émit un son métallique. Le type devait avoir là-dedans le produit de son dernier larcin.

Il se dégagea. Même assis, il paraissait grand. À l'ampleur des épaules et du cou, Adrien évalua son poids moyen à cent vingt kilos. Avec une veine insensée, il était tombé sur le rival le plus costaud du continent européen. En cas de bagarre, il suffisait à ce dernier de le saisir entre deux doigts et de serrer.

– Je vous parie l'apéro que, simplement en vous regardant, je devine votre nom.

– Oh hé ho... alors là doucement les basses, hé là ho non mais ho, alors là hé polop, y'a du vice là-dessous, d'accord j'parie.

– Vous vous appelez Bob, assena Adrien.

Les yeux de Bob s'arrondirent en soucoupes.

– Oh, la vache hé ! proféra-t-il. Comment vous faites ?

– Top secret. Vous me devez l'apéro.

Anéanti, Bob continuait à le regarder. À l'ouest, le ciel virait indigo. Dans quelques minutes, les couleurs reviendraient sur Belange.

EXTRAIT DU LIVRE D'HÉLÉNA BERTHOLD

Psychologie et vision du monde du squatteur

Une autre des ambiguïtés de l'univers du squat, et non des moindres, se trouve dans le fait que chaque individu éprouve, comme dans tout organisme social, la tentation de la communauté, et cherche en même temps une indépendance totale. Confidences et enquêtes permettent de constater que le squatteur est partagé entre le désir de garder pour lui toute information concernant un bon endroit à squatter, et en même temps il désire partager avec d'autres un gîte, parfois un couvert, comme si la solitude était trop rude à supporter. La contradiction repose également dans le fait que l'on assiste parfois, lorsque la place est bonne et sûre, à des squattages de squatteurs : il s'agit alors de savoir ce qui va prédominer, si c'est la loi sauvage du premier occupant, ou la fraternité chaleureuse des trimardeurs.

(Chapitre 12, page 275)

Huitième week-end

Les derniers chiffres.

Ça montait, il ne pouvait pas le nier.

Il existait des moments comme ça dans la vie d'une maison d'édition : tout marchait. Même *J'étais la favorite de Ramsès II* battait des records. Au Japon. Mais au taux du yen, il n'y avait pas de quoi se plaindre. Il n'y avait pas de raison, les bouquins n'étaient pas meilleurs que les années précédentes, la période était plus à la crise qu'à l'expansion, eh bien, il n'y avait rien à faire, les ventes étaient bonnes. C'était ainsi, Adrien aurait édité le Bottin à l'envers qu'il serait rentré dans la liste des best-sellers. Les dieux étaient sur la maison Beaurecourt. Le résultat, c'était que tout le personnel resplendissait de bonne humeur, du représentant stagiaire au chef-comptable. Il ne rencontrait dans les couloirs que des gens au sourire béat.

Déprimant.

Si seulement la moindre chose avait cloché, s'il y avait eu une faille dans la triomphante pyramide, il s'y serait rué et y aurait déchargé toute sa mauvaise humeur, mais rien, strictement rien, pas une paille dans la poutre. Même Ravinier lui avait remis avant-hier son bouquin. À la date fixée pour la première fois en cinq ans. Et en plus, ça avait l'air mieux que d'habitude. Le truc de Ravinier, c'était la saga canine. Il avait successivement narré les aventures d'une famille de saint-bernard (*Tempête dans les Abruzzes*, *Le Tonnelet*, *Cherche, Sultan, cherche*), de pékinois (*Les Malheurs de Zizou*, *Dans la Cité interdite*, *Le Vétérinaire de Sartrouville*, etc.), et il entamait une nouvelle série avec des bergers allemands. Le premier tome (*Chiots dans la brume*) démarrait bien.

Bref, il n'existait ce matin pour Adrien Beaurecourt que des motifs d'intense satisfaction. De plus, Alfonso lui avait téléphoné la veille, il avait finalement acheté la Thunderbird d'Eddie Constantine et avait préparé un protocole d'accord triangulaire, Mourad Bagstein l'avait signé. Enfin, c'était imminent. Presque imminent. Dans peu de temps, *Blême*, le roman de Valentine Bron, serait sur tous les écrans. Déjà, des équipes sillonnaient le monde pour trouver le casting idéal des seconds rôles. Aux dernières nouvelles, Stallone n'était plus libre, mais c'était une véritable chance : sa cote était en baisse. Schwarzenegger ?

Des orages avaient éclaté durant la nuit, il s'était réveillé et sa première pensée avait été pour le couple. Ils devaient roupiller tranquilles, enlacés, repus, n'en revenant pas d'avoir trouvé la perle fine, la fleur de la crème d'imbécile, le propriétaire compréhensif, accueillant, large d'esprit, avec le sens le plus aigu de l'hospitalité que l'on puisse rencontrer sur les deux hémisphères, bref un con : moi.

L'homme qui autorisait la femme qu'il aimait à dormir dans son propre lit avec son amant. Pourquoi se gêner ? Ils pouvaient faire venir des copains aussi, des relations avec leur famille, des cousins, ça peut toujours se trouver, des neveux avec des nièces, et puis des grands-parents avec les collatéraux, on pouvait même élargir à la tribu, plus on est de fous... Ils débarqueraient tous avec les litrons, les caravanes, leurs bagnoles déglinguées, les balalaïkas, les castagnettes, Olé Manolo, pleurez violons, jouez tziganes, tra la la tsoin tsoin. Je vais me donner la fièvre si je continue comme ça... Non, ce n'est plus possible, je pense trop à cette fille, je la vois partout, elle est sur la table en ce moment, sur les murs du bureau, avec le désordre des boucles qui retombent sur son œil salade et sa malice tendre au coin des lèvres, les bougies l'éclairent, toute cette connivence née d'un coup, cette douceur... Je n'arrive pas à croire qu'elle vive avec cette armoire normande à moustache, ce gibier de prison... Calme-toi, Adrien, calme-toi... tu as vu pire, rappelle-toi Ingrid... Ingrid comment déjà ? Stavropoulos... papa grec, maman lettone, un mètre quatre-vingt-trois, cinquante-deux kilos, une splendeur, une fleur, un lys avec la tige, un camélia, une orchidée, une liane, un mannequin. Et de qui avait-elle été la maîtresse ? Eh bien, d'Alfonso Berzigolio. Pour lui prendre la taille, il était obligé de grimper sur un tabouret, elle l'aimait, ça se voyait à cinq cents mètres.

Fidèle à sa technique, il avait dû lui assurer qu'avant la fin de l'année, sans préciser laquelle, elle aurait l'Oscar à Hollywood, la Palme à Cannes, l'Ours à Berlin et le Lion à Venise, mais comme elle était le contraire d'une imbécile, elle n'avait pas coupé dans son délire et l'avait aimé pour ses mensonges... L'ennui avec ce genre de femmes, c'est que les hommes sont longs à s'en remettre. Un soir dans un bar, Alfonso s'était effondré, et ce fut d'ailleurs l'instant où ils étaient devenus amis. Mais moi, je ne m'effondrerai pas. Et puis elle ne m'a pas quitté. Elle ne m'a pas quitté puisqu'elle ne m'a pas pris.

– On vous appelle de la campagne, monsieur Beaurecourt.

C'est elle.

Il plongea en rugbyman et avait décroché avant la fin de la phrase.

– Allô ?

– Beaurecourt ?

– Oui.

– Furet.

Adrien relâcha la pression. Ses poumons se vidèrent d'oxygène et s'emplirent de déception. La déception était un gaz lourd et opaque. Il eut l'impression de peser le double de son poids.

– Vous écoute.

– Sont deux.

– Qui ça ?

– À Belange. Sont deux.

Je lui avais parlé, à Furet, après le coup des gendarmes, qu'il n'aille surtout pas croire la maréchaussée : mademoiselle Proznowecksi était ma fiancée et avait le droit, en tant que telle, d'occuper les lieux. J'avais précisé qu'elle serait là un certain temps, qu'elle s'occuperait de la maison, rien ne valait une main féminine, etc. Il avait poussé quelques borborygmes traditionnels et j'avais cru l'affaire classée.

– Sont deux.

– Oui, d'accord, j'ai compris, ils sont deux.

– Y'a elle et pis un grand.

Un grand. Portrait rapide mais efficace.

– Avec des moustaches ?

– Oui.

– C'est son frère.

Et voilà. Tant qu'à rendre service, faut pas hésiter à se créer une famille. Ne pas oublier d'aller les border dans leur lit au cours de ma prochaine visite. Penser aussi au petit-déjeuner. Thé ou café ? Marmelade ou bacon ?

– Bon.

– Vous êtes rassuré, m'sieur Furet ?

– Hein ?

– Vous êtes rassuré m'sieur Furet ?

– Entends mal dans c'truc.

– SOYEZ RASSURÉ M'SIEUR FURET !!!

– M'en fous moi, c'est pour vous.

– Très bien, merci. Allez, au revoir m'sieur Furet.

– R'voir.

Raccroché. Sonnerie. Décroché. Françoise.

– Madame Valentine Bron vous attend.

Je l'avais oubliée, celle-là. C'est pourtant en toutes lettres dans mon agenda : mercredi 11 heures 30, Valentine Bron.

– Faites entrer.

Entrée de Valentine Bron.

Valentine Bron, c'est Hermione plus Agrippine plus Phèdre plus toute la tragédie grecque concentrée dans très peu de centimètres cubes. Il est évident que Valentine Bron regrette depuis toujours d'occuper sur la terre un volume, si réduit soit-il. Son tailleur couleur cendre froide est ce matin parfaitement assorti à son teint. Quel que soit son âge, on lui en donne vingt de plus, de sorte qu'il est impossible de le connaître. Lorsque je lui avais appris que je m'étais décidé à l'éditer, que son livre allait sortir, je m'attendais à voir apparaître sur son visage le dixième d'un quart de l'ombre d'un sourire. Pas du tout. La commissure de ses lèvres s'était effondrée un peu plus et elle avait murmuré :

« Vous croyez que c'est la peine ? »

Je n'en étais pas du tout persuadé et j'avais protesté avec d'autant plus de véhémence.

« Mais bien sûr Valentine, c'est un livre délicieux, délicat, plein de subtilité. » Elle avait très lamentablement hoché la tête.

« Il est mauvais. Je vais le reprendre. »

Six bons mois pour la persuader. Rien de pire que l'obstination douce de cette aïeule à la silhouette de chaisière d'église désaffectée. Aussi ai-je très peur.

– Qu'est-ce qui me vaut le plaisir de vous voir,

Valentine ? Vous a-t-on au moins prévenue que notre affaire de film est en bonne voie ?

Regard désespéré d'Antigone apprenant la mort de ses deux frères.

– C'est justement à ce sujet que je voulais vous voir.

Aïe, aïe, aïe. Quelque chose de désagréable va se passer.

– Je vous écoute, Valentine.

– Je ne veux plus.

Nous y voilà. Je me doutais que rien ne serait simple. Rien ne l'est jamais et, avec Valentine, moins encore.

– Qu'est-ce que vous ne voulez plus ?

– De film. Je ne veux plus de film.

– Et pourquoi ne voulez-vous plus de film ?

Elle soupire. Andromaque vient d'apprendre la mort d'Hector.

– Ce n'est pas bien.

De la patience, bonhomme, de la patience... Si je n'arrive pas à persuader cette tendre vieillarde, une montagne de dollars s'envole. Le contrat ne se signera pas sans son accord, et elle est capable de tout faire foirer.

– Et pourquoi ce n'est pas bien ?

Ses mains jouent avec la courroie de son sac à main.

– C'est cet homme qui jouerait le rôle. Je l'ai vu...

– Stallone ?

Elle secoue la tête comme à l'office.

– Je crois qu'il s'appelle comme ça.

– Où l'avez-vous vu ?

– À la télévision.

– Et alors ?

Valentine semble prendre quelques couleurs, elle a du mal à maîtriser sa main droite qui partait pour un signe de croix, ses lèvres hésitent, s'écartent enfin.

– Il donne des coups, chuchote-t-elle. Tout le temps.

Adrien se penche.

– Des coups ?

Elle se rapproche, semble un instant rester en équilibre sur le bord de sa chaise, grise mésange sur le faîte de l'église.

– Avec ses poings, dit-elle. Il frappe les gens. Comme ça. Sans arrêt.

Elle lance un uppercut, enchaîne sur un crochet du gauche et finit en direct, chacune de ses mimines serrées doit peser cinquante grammes.

– C'est son rôle qui l'y oblige, dit Adrien. Mais en fait, c'est un homme très cultivé.

– Ce n'est pas tout, murmure Valentine.

La voix est à peine audible.

– Je ne vous entends pas...

La vieille dame s'éclaircit la voix et vire à la rose trémière.

– Il est nu.

– Nu ?

Elle opine.

– Jusqu'à la ceinture, je suppose, suggère Adrien.

Valentine Bron a un haut-le-corps.

– Encore heureux.

Adrien sourit, écarte les bras triomphalement.

– Eh bien, ma chère Valentine, j'ai une excellente

nouvelle à vous communiquer : ce n'est plus lui qui joue !

Elle le regarda tristement sous l'ogive romane des paupières.

– De toute façon, je ne veux plus.

Adrien Beaurecourt toussota et s'installa confortablement dans son fauteuil directorial. Il savait que la conversation serait longue.

– Ç'aurait été dommage de manquer ça, non ?

Je l'entends mal dans l'éclatement des décibels, des gosses hurlent en courant mais surtout Hallyday meugle dans les baffles géants suspendus aux quatre coins du stand. Les deux fils de monsieur Valenton, l'instituteur, décollent du siège sous un choc de plein fouet, et leur voiture tournoie sur le parquet métallique.

– Vous ne m'invitez pas ?

Je cherche l'ouverture de sa trompe d'Eustache sous la chevelure et hurle :

– C'est le rôle de Bob.

Ses lèvres sont contre ma joue.

– Il a horreur des autos tamponneuses.

Ça se comprend, il faudrait déjà qu'il puisse s'asseoir dedans.

Moi aussi, j'ai horreur de ça, mais si on ne faisait dans la vie que ce qui vous plaît, où irait-on ? Surtout moi, où irais-je ?... Sûrement pas là où je me trouve.

Bref, je suis dedans. Elle, à côté de moi, resplendissante.

– Je peux conduire ?

– C'est un honneur pour moi.

Foule derrière la balustrade. Tout le village, on peut dire qu'il n'en manque pas un. Ils me connaissent depuis le XVIIe siècle. Un bail. Ils ont dû voir mes aïeux saccager leurs récoltes en chassant le cerf, trousser leurs filles, leur piquer tous leurs écus à coups d'impôts, de taille, de gabelle, et je ne vous parle pas des corvées et not'maître, chapeau bas devant l'châtiau, et crac voilà le dernier Beaurecourt en auto tamponneuse. Ça, c'est de la démocratie. Les Bergeonnet sont là. Monsieur et madame Bergeonnet sont boulangers-pâtissiers de père en fils, de mère en fille, spécialité de tourtes aux prunes. Si vous mordez dedans sans précaution, vous risquez de sentir vos dents se décoller des gencives. Rien que d'en évoquer le souvenir, j'en ai les plombages qui sautent. Même Aphrosine en frémissait des maxillaires. Elle considérait la tourte Bergeonnet comme faisant partie d'une méthode d'entraînement à la vie militaire, section régiment disciplinaire.

Donc, nous avons croisé les Bergeonnet dès notre arrivée.

– Bonjour, monsieur Adrien.

– Bonjour madame Bergeonnet, bonjour monsieur Bergeonnet.

Ils étaient magnifiques, lui avec le costume épais dans les marrons moutarde, la chemise blanc nylon, la cravate acétate avec les palmiers, et elle pleine de fleurettes multicolores, la coiffure en choucroute et les pieds qui gonflent à la chaleur.

– Je vous présente mademoiselle Proznowecksi, ma fiancée.

– Madame, monsieur...

– Mademoiselle.

Ils se dandinent, ils vont pouvoir en parler des mois, tout raconter dans les détails. Et l'autre grand con derrière qui se dandine.

– Monsieur Proznowecksi, son frère.

Re-serrement de main.

– Beau temps pour la fête, hein ? dit Bob.

– En général, nous avons toujours beau temps, minaude madame.

Bergeonnet prend un air dubitatif.

– Toujours, toujours, c'est vite dit. Rappelle-toi en 87. Des cordes.

– C'était exceptionnel, reconnais-le.

– Exceptionnel, c'est vite dit.

C'est là que Lucette est intervenue :

– En tout cas, vous vivez dans un bien joli village.

Les Bergeonnet ont failli en roucouler.

– Vous trouvez, mademoiselle ? Eh bien, il faut vous y installer...

Ricanements divers.

Justement, figurez-vous que c'est fait... pour l'installation, vous pouvez lui faire confiance.

Bob a filé vers la buvette : sur les tables de bois, les verres de coteaux-du-layon s'illuminaient de paille ambrée. C'est moi qui ai attiré la femme de la vie d'un autre vers les autos tamponneuses.

Hallyday toujours. Un répertoire inépuisable.

C'est parti, le volant tourbillonne entre ses doigts. Elle porte une chemise en jean délavé, un chignon rigolo et des falzars velours péquenots. Il faut vraiment qu'elle soit femme pour avoir l'air encore féminine là-dedans. Braquage, la voiture part, dérape, elle contrôle et hop, passez muscade, la bagnole des Foullier file sur notre flanc droit.

– Bonjour monsieur Adrien.

– Bonjour monsieur Foullier.

C'est le fils de la mercerie. Reconverti dans le matériel agricole, il a délaissé boutons et rubans pour les moissonneuses-batteuses et s'est marié à la secrétaire de mairie.

Vlan...

Nos nuques partent ensemble.

Le choc vient de l'arrière. Ce sont les fils Valenton. Déjà leur véhicule s'éloigne.

– Un tout petit peu plus fort, et c'était la décapitation, dit Adrien. Passez-moi le volant, l'heure de la vengeance a sonné.

Leurs doigts s'effleurent. Accrochage de regards.

– À droite ! hurle-t-elle.

Adrien contre-braque, la rambarde se rue vers lui, cris divers, il redresse au millimètre, repart, les ignobles fils Valenton sont là, l'œil chafouin, cherchant une proie dans les couples pépiants de filles. Adrien se dégage, prend du large, vise, enfonce la pédale.

– Cramponnez-vous !

Les Valenton, percutés, giclent en bout de piste, désemparés.

– Bingo ! triomphe Lucette.

Sirène brève. C'est fini. Le soleil tape sur les manèges. Elle se tourne vers lui, des yeux de vitraux, insensés.

– Il faut récupérer Bob.

– Ne surtout pas l'oublier.

Ce qu'il avait complètement oublié par contre, c'était la fête du village. Ils étaient tombés en plein dedans alors qu'ils partaient en balade. Ils avaient d'abord déjeuné tous trois sous la tonnelle, Lucette leur avait mijoté un poulet aux amandes. Bob avait, après l'absorption d'un litre et demi de saumur-champigny vieilles vignes, tapoté, avec la dextérité que devait conférer l'expérience, la fesse gauche de sa maîtresse et avait reconnu :

« C'est qu'elle nous f'rait une vraie p'tite femme d'intérieur, la môme Lulu. »

Adrien s'en était étranglé dans son fromage et avait craint qu'il ne s'ensuivît une sieste crapuleuse. Il avait calculé que si les amants s'écartaient, sous quelque prétexte fallacieux, il les truciderait à coups de gourdin, mais plutôt que d'en venir à ces extrémités, il avait proposé une sortie dans la région.

« D'accord, avait dit Bob. On pourrait se faire une p'tite virée dégustation... »

Pour boire quelques p'tits coups évidemment, tout était p'tit avec Bob qui était si grand. Sans doute par un phénomène inconscient de compensation. Ce matin, il m'a appelé « mon p'tit pote ».

Amical.

Le pire de tout, c'est que je le trouve sympa. Obligeant, le genre de type toujours prêt à déboucher le lavabo, à réparer la gouttière ou à remettre la chaîne du vélo, l'homme des p'tits services.

Lucette le tira vers un stand.

– Il va vous falloir pêcher ce canard si vous voulez cercler votre poignet de cette superbe montre-bracelet fluo, dont les aiguilles sont peintes sur le cadran. Profitez de cette occasion, rarissime de nos jours : une montre qui ne donne pas l'heure est tout à fait exceptionnelle.

Adrien acquiesça et s'empara de l'extrémité de la canne à pêche, le fil oscillait, lesté d'un hameçon. Le but était de le faire glisser sur le dos de plastique du canard multicolore pour pouvoir le soulever.

– Lorsque vous tirez la langue, vous avez l'air d'avoir dix ans et demi.

– Je ne tire pas la langue, dit Adrien. Je me concentre, c'est tout.

– Vous tiriez la langue, protesta Lucette.

– Je la tirais mais je ne la tire plus.

– D'accord, vous avez décidé d'être de mauvaise foi, c'est votre affaire.

Le canard dansa, Adrien manqua le crochet de quelques millimètres, il se reprit, visa avec soin.

– Tiens, vous venez de la tirer, dit-elle. Ne prétendez pas le contraire.

– Bon Dieu, bouclez-la quelques secondes, je dois attraper ce foutu canard.

– Ça n'en prend pas le chemin. En tout cas, tirer la langue ne vous aide pas.

– C'est pas comme ça qu'on s'y prend, dit Bob.

Il venait de surgir derrière lui, précédé d'une forte odeur de barrique. Adrien fit volte-face.

– Foutez-moi la paix, dit-il, chacun sa méthode.

– Exact, dit Bob, mais c'est pas comme ça qu'on s'y prend, faut éviter la p'tite tête, remonter de la p'tite queue vers l'avant.

Comment peut-elle l'aimer ? Un quart de tonne de muscles avinés et cette moustache de phoque. Un morse sur la banquise. Je suis sûr qu'en plus il ne change jamais de chaussettes. De p'tites chaussettes...

L'envie de l'étrangler le submergea. Sur sa droite, un manège tournait, deux fillettes piaillaient à cheval sur un cochon enrubanné. Calme-toi, c'est la paix, la campagne française de l'an 2006, cris d'enfants, mirlitons, roudoudous et Johnny Hallyday. Self-control et technique zen. Respire.

Il revint au canard et le pêcha d'un coup.

– Bravo, dit Lucette, j'étais sûre que vous réussiriez.

Elle se fout de moi, en plus. Il lui offrit la montre et tous trois remontèrent dans la foule plus dense qui bordait les stands.

– Une p'tite barbe à papa ?

Il mordit dans la mousse rose, le sucre filé, cotonneux qu'il n'arrivait pas à saisir... C'était un vieux souvenir, Aphrosine avait dû lui en offrir autrefois, il retrouvait le goût de l'enfance.

Des couples dansaient sous les marronniers, une mémé avec un garçonnet à longues chaussettes. Des filles entre elles, ricaneuses... une valse musette. L'accordéon percutait dans les guitares électriques de la loterie voisine, la cacophonie sous les feuillages d'été... Entre les casquettes des joueurs de boules, il distingua Furet, apoplectique, un crocodile écarlate en peluche dans les bras. C'est madame Furet qui allait être contente.

– Vous étiez furieux tout à l'heure...

– Un peu.

Elle repoussa une mèche sur son front et lui tendit une gauloise.

– On vous donne du souci, dit-elle. On s'est introduits chez vous et maintenant...

– Ce n'est pas cela. Vous savez bien que ce n'est pas cela.

– Je sais, dit-elle, mais ça n'aurait pas été possible.

– Vous et moi ? Ça aurait marché du feu de Dieu.

– Votre problème, dit-elle, c'est que vous avez lu des contes de fées et que vous croyez qu'ils finissent bien.

La fumée montait, droite. Ne compte pas jusqu'à trois parce que tu n'arriveras jamais au bout, fais-le tout de suite. L'éléphant de mer va te tomber dessus comme trois wagons de ciment, mais fais-le. C'est maintenant.

Il écrasa la cigarette du talon et se tourna vers la jeune femme. La toile usée de la chemise glissa sous ses paumes. Taille fine... il y a une publicité là-dessus. Des petits-suisses... je joue ma vie et je pense à une pub pour petits-suisses ! Deux bras entourent mon cou... elle sent la vanille, je vais fondre dans la vanille. Les lèvres montent vers lui ou il descend vers elles, allez savoir dans ce tumulte avec, derrière, une chanson qui grimpe, quatre notes qui enflent, gonflent et vont tout submerger, les baraques à frites, les jeux de massacre, jusqu'au château qui disparaît, et les collines et les gens, les cochons à rubans, la mémé qui danse, les fils Valenton, la pêche aux canards et Furet et Bergeonnet et tous les autres, Valentine Bron et la barbe à papa, Alfonso et Stallone, tous en vertige, en maelström, et il n'y a plus que nous sur ce carré d'herbe. Ne me lâche pas, surtout pas, embrasse-moi toujours, comme ça, restons cramponnés jusqu'au dernier bout de la vie, les nuits seront trop étroites, et sous les balcons des crépuscules, les esplanades du firmament ne suffiront pas à supporter le poids de nos amours.

– Qu'est-ce que vous avez dit ?

– J'étouffe, souffla-t-elle.

Il n'arriva pas à la lâcher... La lèvre inférieure brillait, humide dans la lumière...

– Vous êtes fou, on n'a pas idée de...

– C'est vous, dit-il. Vous vous êtes jetée sur moi.

Le jeu des feuilles dansait dans les yeux d'herbe.

Derrière lui, Bob devait soulever une bûche à bout de bras pour lui fracasser le crâne.

– Recommencez, dit-elle, et ne vous arrêtez plus.

Adrien plongea. Cette fois, les plombs du soleil allaient sauter.

EXTRAIT DU LIVRE D'HÉLÉNA BERTHOLD

Psychologie et vision du monde du squatteur

On peut constater chez la plupart des personnes composant l'ensemble du phénomène squat une volonté personnelle de s'en sortir, sans avoir recours à tous les « pansements » que la société propose aux blessures sociales, et que l'on peut résumer sous le terme trop vague de « lutte contre la misère ».

Rarement, le squatteur a recours à des organismes officiels ou officieux, du style asile de nuit, Armée du Salut, centre d'hébergement, etc. Leur caractère parfois contraignant le fait fuir, le squatteur n'est pas un sujet de charité, il est un être de débrouillardise.

C'est aux limites de la loi son handicap, mais c'est surtout son salut : son combat pour la survie lui confère sa pauvre dignité.

(Chapitre 15, page 325)

Neuvième week-end

– Ce que je tiens entre mes deux doigts aura un effet très simple : cela assurera ta fortune et celle de toutes les générations de Beaurecourt à venir. Pour être tout à fait franc, cela assurera également la mienne.

Toussaint Fluppe eut un sourire sinueux et déposa avec un soin maniaque le manuscrit sur les genoux d'Adrien.

– Évidemment, précisa-t-il, tu es en droit de trouver ça cher. Pour une raison simple : c'est cher. Mais, et tout le problème est là, ce n'est pas trop cher.

Longtemps, les flonflons persistèrent... la fête n'arrivait pas à s'éteindre, elle continuait toujours trois jours plus tard. Elle était près de lui dans la voiture, le gorille derrière. Il ne s'était aperçu de rien, évidemment. Ils avaient roulé le long du fleuve. Des barques s'ensablaient au bord des îles multiples, les méandres s'élargissaient, des arbres poussaient sur la peau des eaux claires. Dans le soleil, les berges laiteuses vibraient. Rien ne bougeait ici depuis toujours. Ils s'étaient arrêtés devant une abbaye surplombant des falaises, ils avaient déambulé sous les voûtes et la vie était devenue enchantement.

– Mais je ne te ferai pas languir plus longtemps, mon but n'était pas de jouer avec tes nerfs dont je sais, par ailleurs, qu'ils sont solides, et sans t'entretenir plus longuement de ce document unique et, à mon sens, définitif, sur l'une des affaires qui, en ce siècle passé, a certainement, et de loin, fait couler le plus d'encre, je vais tout simplement...

Adrien l'avait retrouvée dans ses bras quelques minutes avant de quitter Belange, une folie les avait pris. Ils s'étaient demandé s'ils n'allaient pas faire l'amour debout, en tourbillon, il s'était senti cosaque, Kalmouk, brute épaisse, soudard... la renverser dans la paille en fille de ferme, mais quelques siècles de civilisation l'avaient pris au collet. Il avait senti le cœur de la squatteuse battre, affolé, un balbutiement de systoles... Les choses devaient être compliquées pour elle, difficiles. Elle devait savoir qu'il était sa chance, il pouvait la ramener sur la rive, la réintégrer dans le monde d'avant l'alcool, d'avant la route, d'avant Bob, d'avant la déchéance. C'était plus qu'une histoire de peau, de baisers et d'amour, c'était la prise d'un virage à angle droit, un recommencement... Il ne pouvait pas exiger une décision, c'était trop grave, trop abrupt, elle le lui avait dit à l'oreille, entre deux bises frôlées, en peu de mots... Du temps encore, il restait Bob, la vie, une décision à prendre, oui il lui plaisait, oui elle l'aimait peut-être, sans doute même... oui, une attirance, une folle attirance, embrassez-moi encore, la nuit vient, faites attention sur la route...

Des années qu'on ne lui avait pas dit de faire attention sur la route, on ne le lui avait peut-être en fait jamais dit. Cela l'avait rendu tellement joyeux qu'il avait tapé du deux cent dix sur asphalte mouillé. Il gardait sa voix dans l'oreille : « Faites attention sur la route. »

Un côté maternel : il devenait précieux, cassable, fragile, haut, bas, à manipuler avec précaution... Un Adrien tout neuf, de verre filé... un rien et je me fêle.

– Il me suffit donc de te dévoiler le titre pour que le mystère cesse enfin, et je pense que, l'ayant entendu sans plus d'atermoiements ni d'hésitation, tu dégaineras ce stylo qu'en d'autres temps j'ai eu tant de mal à faire sortir de ta poche intérieure, et tu signeras ce qui sera le contrat le plus juteux de ta carrière... bref, en deux mots comme en cent, voici. Écoute-moi bien. Ce document s'appelle : *Comment John Fitzgerald Kennedy s'est suicidé*.

Il l'avait appelée ce matin. Juste avant de partir travailler, elle avait dû courir, il l'avait senti à cette note d'essoufflement dans sa voix qui lui avait rappelé leurs étreintes de dimanche. Elle venait du fond du parc et avait entendu le téléphone sonner. Il avait plu durant la nuit et les roses étaient mouillées... Voilà... Pourquoi avait-il senti le bonheur l'envahir lorsqu'elle lui avait appris la nouvelle ? Que les roses fussent ce matin mouillées lui avait causé une joie inexprimable. Il avait eu la vision de cette femme ensoleillée dans le hall de sa maison, elle devait porter le même jean, les bras rouges de fleurs, il l'entendait sourire, lèvres caressées par la soie des pétales. Il avait eu l'impression d'une sécurité. Elle l'attendait, gardienne aimante et fidèle. Lorsqu'il apparaîtrait, vendredi soir, elle serait sur le perron et son sourire d'accueil ferait fondre les fatigues. Elle serait la mère, l'amante, la sœur, la complice, la fête et le repos, la folie et la sagesse, la brûlure et l'apaisement.

– Dois-je le répéter ?

– Répéter quoi ?

Fluppe s'arracha un sourire au vitriol.

– Je ne suis pas certain que tu aies apporté toute l'attention désirable à mes paroles. En tout cas, je suis prêt à parier que tu ignores qu'il s'était suicidé.

– Qui ça ?

Toussaint Fluppe parut déglutir une soupe amère, voire fielleuse.

– Kennedy. John Fitzgerald.

– Il s'est suicidé ?

Les jointures de Fluppe se crispèrent sur le dossier.

– Il a payé le tireur, dit-il. Il se savait malade, condamné par la Faculté. Plus des ennuis avec Jackie, les emmerdements de la Maison-Blanche qu'il ne supportait plus, le Vietnam à l'horizon. Mais se tuer était contraire à son image de marque de battant optimiste, de héros de la guerre, de sauveur : il fallait maquiller cela en crime. Devenir la victime numéro un parachevait la statue...

Adrien leva la main.

– OK, dit-il. Tu sais que je peux reconnaître ton style dès la première page. Donc gagnons du temps, si c'est toi qui l'as écrit, dis-le-moi.

– L'auteur est en cavale. C'est une ancienne caméristе du couple présidentiel. Elle était avec un amant dans une des chambres de la résidence d'été de Camp David lorsque John a surgi. Le couple a juste eu le temps de se cacher sous un des lits et a assisté à la conversation entre le Président et un autre type.

– Qui était ?

– Oswald. Il répétait sans arrêt : « Je ne peux pas faire ça, m'sieur le président, même un ex-communiste ne peut pas faire ça, même pour un million de dollars. – Et pour deux ? » a dit Kennedy. Il n'y a pas eu de réponse, mais de l'avis de la femme de chambre, le type a paru ébranlé.

– Passionnant, dit Adrien. Je peux peut-être l'acheter si je juge qu'il y a de quoi en faire une politique-fiction, mais le prix passe de sept cent cinquante mille dollars US à vingt mille euros.

Fluppe se décomposa. Les traits de son visage se dispersèrent aux quatre coins de la pièce et se rassemblèrent avec peine.

– D'accord, soupira-t-il, mais avoue que j'ai essayé.

– Tu essaies toujours, dit Adrien. C'est ce qui me plaît en toi.

Il regarda sa montre. 19 heures 30. Il lui restait approximativement quarante-huit heures avant de la revoir. S'il retirait deux nuits à sept heures de sommeil en moyenne, auxquelles il faudrait ajouter quelques moments de travail au cours de la réunion du jeudi matin, où il lui faudrait secouer les gens du service de fabrication qui avaient tendance, ces derniers temps, à s'endormir sur les couvertures des bouquins, plus deux heures d'une avant-première inévitable jeudi soir, cela ferait 2 × 7, à quoi j'ajoute 3 et 2, soit 19. Mettons 20 avec un peu de chance, reste donc 48 – 20 = 28. Vingt-huit heures à tenir. Ça finira bien par arriver. Ça arrivera même, fatalement.

Aphrosine vacilla sur le marbre de la table de nuit et valsa soudain. Les deux mains jointes de Lucette Proznowecksi et d'Adrien Beaurecourt balayèrent la photo, entraînant le meuble. Adrien tenta de rétablir l'équilibre d'un coup de reins, mais la colonne qui retenait le ciel de lit céda sous la ruade de la jeune femme. La toile du baldaquin gonfla en voile d'orage et tomba sur eux, tandis que le sommier vermoulu s'effondrait, basculant le matelas. Le lourd tissu damassé les ensevelit tandis qu'ils roulaient, emportant les draps le long des trois marches sur lesquelles se dressait la couche de générations de Beaurecourt.

Imbriqués et roulés dans le velours comme tabac en papier-cigarettes, les amants percutèrent le mur et s'arrêtèrent, asphyxiés.

– Qu'est-ce qui a fait ce bruit ?

– Mon crâne, dit Adrien en heurtant la boiserie.

Il tenta de se dégager de l'étoffe lourde, mais dans la chute, la jambe gauche de la jeune femme s'était glissée derrière son omoplate, bloquant son bras droit.

– J'ai vu un truc comme ça dans un combat de catch, haleta-t-il.

Elle tenta de se dégager en force, mais le tissu entravait ses mouvements, et Adrien eut l'impression que son épaule se désarticulait.

– Pas comme ça, dit-il. Si tu peux glisser ton genou derrière mon coude, c'est gagné. Non, pas celui-là, l'autre, et arrête de rire, sinon on est là pour le week-end.

Les larmes coulaient, délayant les yeux verts.

– Il faut rouler en sens inverse, dit-elle. Je pense avoir une côte cassée.

– Ce n'est pas ta côte, c'est mon tibia, celui que tu écrases avec ta hanche.

Ne pas forcer. Surtout ne pas forcer.

– Le problème, dit-il, c'est que les draps forment liens.

– En plus, j'ai faim, protesta-t-elle.

Son mollet se raidit. Il connaissait le symptôme : la crampe. Elle datait du temps de l'enfance, celui où il occupait, durant les vacances et sans éclat, le poste de libéro à la Football Sporting Association de Montreuil-Bellay en deuxième minime. Il en avait conservé, en plus d'humiliations successives car l'équipe perdait régulièrement chaque dimanche par plus de dix buts d'écart, un mollet fragile.

– Ne t'inquiète pas si je hurle, dit-il, une vieille blessure de guerre qui vient de se réveiller.

Elle se tortilla, tentant de s'extraire par reptations insistantes mais enthousiastes.

– Ça, c'est de la nuit d'amour, rugit-elle.

Adrien songea qu'il n'avait jamais été aussi heureux. Il ferma les yeux et tout resurgit dès la première seconde, celle où il avait claqué la portière derrière lui. Elle s'était ruée du haut du perron, il s'était élancé, la bloquant en mêlée ouverte, un placage de rugbyman, il l'avait soulevée tandis qu'elle lui mordait l'oreille.

– Bob ?

– Parti.

– Tout le week-end ?

– Oui.

– Youpi !

Ils avaient foncé dans la chambre la plus proche et tandis, que, affolés, ils s'emberlificotaient dans leurs ceintures et zips respectifs, il s'était rappelé qu'il avait des préservatifs à l'étage au-dessus. Il avait bondi, elle l'avait taclé à la cheville et il s'était retrouvé en glissade sur les tapis afghans. Elle les avait sortis de sa poche de chemise.

– J'en ai acheté cet après-midi, dit-elle. En prévision.

Il pâlit.

– À la pharmacie devant l'église ?

– Il y en a une autre ?

– Chez mademoiselle Chamonet ? soixante-dix ans ? en noir ? avec le chignon ?

– Et des lunettes en fer.

– Tu n'as pas constaté chez elle de malaise après ta demande ?

– Un léger vacillement, c'est tout.

Il n'aurait plus qu'à faire le tour pour éviter le regard de la pharmacienne. Mademoiselle Chamonet tenait l'harmonium à la grand-messe et jouait, en ce qui concernait les mœurs locales, le double rôle d'agence de presse et de gardienne des vertus. Désormais, les murs de Belange représenteraient, pour le Maine-et-Loire et au-delà, le temple de toutes les lubricités, on pouvait lui faire confiance pour propager la nouvelle.

Je m'en fous.

– Tu trembles...

– Je balise.

– Pourquoi ?

– Je suis un amant lamentable.

Elle avait souri. Le grain de sa peau était serré, une étoffe riche et tendue, musclée.

– Ce n'est pas vrai, dit-elle. Je le sais...

Il y avait dans sa voix une telle certitude que mon cœur s'apaisa. Il battait à présent, lourd et riche, éternel, jamais il ne s'arrêterait. Ils partirent pour ce premier voyage et c'est à l'arrivée que craqua le baldaquin...

Libérés, ils gagnèrent la cuisine où, à trois heures du matin, vêtue d'une paire de chaussettes en laine écrue et d'un peigne en écaille, elle lui confectionna une omelette au lard, tandis que, la taille ceinte d'une serviette de bain frappée aux armoiries de l'Olympique de Marseille, cadeau d'un auteur, supporter fanatique, il débouchait un château-margaux des grandes années.

– Juste pour trinquer, dit-elle.

Il se mit à rire.

– Tu veux que je t'explique pourquoi tu ne bois plus ? C'est parce que je suis ton alcool, je suis bourgogne et bordeaux, val-de-loire et blancs d'Alsace, je suis eau-de-vie et calvados, et c'est de moi que tu as soif car je suis l'ivresse incarnée.

– L'ivresse incarnée ?

– L'ivresse incarnée.

Ravissante. Debout sur le carrelage, avec cette omelette fumante dans la main... La fête vibrait en lui, une joie ravageuse, palpable.

– Il existe deux sortes de femmes, expliqua-t-il, celles à qui les poêles à frire vont bien, celles à qui elles ne vont pas. Tu fais indéniablement partie de la première catégorie. Pose-moi ça immédiatement, je vais te posséder avec la violence inouïe du fauve en rut.

Il la coinça entre réfrigérateur et four à micro-ondes, ce fut elle qui détacha la serviette.

– Allez l'OM, chuchota-t-elle.

Ils mangèrent froid et se couchèrent à l'aube. Il sentit ses paupières se fermer avec le chant des premiers oiseaux, ceux que le petit jour délivre de l'invisible bâillon que dépose la nuit. Elle se blottit contre lui.

– J'ai l'impression d'être sortie d'un concasseur.

– Je suis un concasseur, affirma-t-il.

Ils avaient parlé... très peu pour tout dire mais suffisamment... Bob était parti la veille. Elle avait refusé de le suivre. Cela faisait longtemps qu'il n'y avait plus rien entre eux, si tant est qu'il y ait eu jamais quelque chose. Il l'avait protégée un temps. Les gens qu'elle avait rencontrés parfois sur les bas-côtés de la route n'étaient pas toujours d'une distinction extrême avec les dames, et cela expliquait Bob... Les choses aujourd'hui étaient différentes.

– Il faut que tu me suives à Paris...

Elle avait eu un geste de l'index vers sa bouche.

– On ne parle pas d'avenir, le présent est assez chargé.

Ils avaient fumé à deux l'ultime gauloise avant de sombrer, miettes d'humains.

– Si j'étais écrivain, marmonna-t-il, je dirais que je gis, broyé par la moulinette du désir.

– Une chance que tu sois éditeur, bâilla-t-elle. Dors Adrien.

« Dors Adrien ». Quel titre pour un best-seller. Il faudra réparer le lit demain. Au revoir monde splendide... je m'enfonce.

La lame d'un rayon lui beurra l'arête nasale. Il s'écarta et enfouit son visage dans les draps. Parfum. Une femme... Ciel, quelle est-elle ? Blonde ? Brune ? D'où vient cette inconnue ? Quel est son nom ? Arrête de faire le con. Tu sais qui elle est et tu en es foudingue-barjot-tapé-frappé-sonné-occis... Quelle heure peut-il être ? Mon poignet est loin. Le fait qu'il soit au bout de mon bras l'éloigne encore davantage car où est mon bras ? Quelque part au bout du monde. Raisonnons : si le soleil se trouve en cet endroit de la pièce, juste au centre du lit, c'est, étant donné l'orientation de la maison, la preuve qu'il est tard. Très tard même. Je parie pour midi. Disons 13 heures.

Il se souleva. Je dois approcher les deux tonnes ce matin. Songer à un régime. Il tapota sur sa gauche : personne. Elle s'est levée. Les femmes sont indestructibles, cent fois plus costaudes que nous... Elles ignorent les capilotades matinales. Elle a dû faire le café, les tartines, les bouquets dans les vases comme dans les pubs pour biscottes allégées. Elle doit danser en ballerines dans le parc, avec panier et sécateur comme dans les films pour insecticides, ou alors elle répare la grange, tout en sourires et en vocalises, comme dans les pubs pour perceuses électriques, ou alors elle...

Il se leva, faillit se foudroyer l'orteil contre la commode et partit en chancelant à travers la chambre.

Dans le hall, une glace lui renvoya son reflet, et cela ne lui remonta pas le moral : il ressemblait à un tas de mou de veau abandonné en plein soleil.

La cuisine d'abord.

Il jeta un coup d'œil par la porte-fenêtre du salon. Peut-être distinguerait-il sa silhouette dans le parc. Il détourna un œil noyé de larmes : la violence de la lumière lui knock-outa la rétine et, comme à chaque fois qu'un événement exceptionnel intervenait dans sa vie, il entama le lamento de *Tosca*. Il l'avait chanté lors des résultats du baccalauréat, pour sa première maîtresse, Mauricette Vizarello, dite le « Rouleau compresseur », à l'occasion de l'ouverture des Éditions Beaurecourt, et pour... pour rien d'autre. En fait, il n'avait pas si souvent chanté cet air-là.

Pas de café.

Enfin si, il en restait, mais de la veille. Étonnant qu'elle n'ait pas eu l'idée...

Salle de bains. Il fallait avoir les méninges salement rouillées pour ne pas avoir d'abord pensé à la salle de bains. Qu'est-ce que font les gens quand ils se lèvent ? Ils vont se laver, aussi simple que cela.

Il prit le couloir des bronzes. Sur des guéridons en rang de parade, Aphrosine avait aligné de lourdes statuettes vert-de-grisées : spahis sonnant la charge, zouave galopant sabre au clair, hussard blessé rendant son âme à Dieu, cuirassier triomphant... Il frappa à la porte. Silence. Son geste était inutile, s'il y avait eu quelqu'un, il y aurait eu un bruit d'eau ou un chantonnement. C'est ce que faisaient les gens sous la douche.

Le village. Elle a dû s'y rendre pour acheter du pain, du beurre. Il s'arrêta sous le portrait d'Aarus. Les sourcils de l'ancêtre lui parurent plus rapprochés qu'à l'ordinaire. Sur la cheminée, les aiguilles de la pendule formaient un angle aigu : 13 heures 10. Elle ne peut pas être au village car, à cette heure, tout est fermé.

– Lucette !

Sa voix le surprit. Il saisit entre les deux syllabes une pointe d'angoisse qu'il n'avait pas l'impression d'éprouver. Pas encore.

Sa voix résonna sous les hauts plafonds. Il se vit à nouveau dans un miroir. Un crétin planté tout droit, nu comme la main, au beau milieu du salon d'apparat.

Pas de panique. S'habiller d'abord.

Il refit le chemin en sens inverse jusqu'à la chambre. Ses talons contre le dallage ébranlaient son cerveau. Il poussa la porte et vit le rectangle blanc de l'enveloppe. Elle était placée sur une tablette à la tête du lit, elle devait s'y trouver tout à l'heure, lorsqu'il était couché, à un peu moins de dix centimètres de son nez.

Il s'approcha d'elle comme si elle avait contenu trois serpents à sonnette.

« Je dois partir quelque temps, faire le point, c'est nécessaire, je t'assure, ne m'en veux pas, tout a été si vite... S'il te plaît, laisse-moi souffler, réfléchir, décider... Ne t'inquiète pas, surtout pas, ne sois pas malheureux. Je t'embrasse comme cette nuit... »

Il s'assit lentement sur le lit défait. Belange, sous l'effet du soleil droit, encaissait, muet, la charge des rayons. Un vrombissement de mouche, comme un piqué d'avion, lui frisa le tympan. Rien ne bougeait. La mort devait avoir cette immobilité. C'est ainsi que devait être cette salle lorsque personne ne l'occupait.

Comprends-la. Essaie. Pas facile les histoires de mendiants et de millionnaires. Ça marche au cinéma, pas forcément dans la vie...

Furet a dû passer la tondeuse récemment, ça sent l'herbe coupée ; c'est une odeur triste soudain, un parfum au ras des mottes, plat comme la vie lorsqu'elle a un raté, lorsque les chevaux emballés se calment et que tout retombe comme un soufflé manqué, comme un ballon crevé, comme un bonheur dégonflé, comme moi.

Paris, vendredi, fin de jour

« C'est évidemment une température très exceptionnelle pour la saison, on a enregistré des records à Strasbourg et à Mulhouse où le thermomètre est monté jusqu'à trente-quatre degrés à treize heures, Paris n'est pas épargné avec trente-deux degrés, et si cette canicule fait le bonheur des patrons de café qui ont sorti leurs terrasses, ce n'est pas le cas de... »

Adrien coupa la radio et, entre pouce et index, se décolla la chemise du dos.

Douze jours et huit heures trente minutes, soit deux cent quatre-vingt-seize heures et demie.

Pas un appel, pas une lettre, rien.

Je m'en fous, totalement. C'est au-delà du stade de l'indifférence, à cent coudées au-dessus du mur de l'inattention. Cette affaire ne me concerne plus, à un point tel que je me demande si elle a jamais existé, et Dieu sait pourtant que je ne lui ai accordé, au plus fort de son activité, qu'une importance toute relative, un grain de sable vite broyé dans le rouleau compresseur de ma vie d'homme dynamique, fonceur, ininflammable et sûr de lui. Cependant je me suis demandé, au cas où cette pécore s'évanouirait dans la nature, si j'avais intérêt à en terminer par pendaison ou au butane, le gaz de ville n'étant pas encore arrivé à Belange. Le plus expéditif reste, bien sûr, le revolver, mais je n'ai pas de revolver. Et puis je m'en méfie, il y a au cinéma énormément de suicides au revolver. Ceux qui le pratiquent sont en général des salopards que l'on vient de démasquer. Ce sont de gros types huileux qui fument le cigare derrière des bureaux panoramiques. Ils ont des chevalières à tous les doigts et sont légèrement asthmatiques. Arrive, vers la fin du film, le flic qui sort un calibre et le dépose devant notre salopard qui s'efforce de ricaner d'un air supérieur.

« S'il vous reste un peu de dignité, vous savez ce qui vous reste à faire, Gonzalès. »

Dit le flic.

Et il sort.

Gonzalès regarde le flingue et, neuf fois sur dix, desserre son nœud de cravate en roulant les yeux.

Fin de la séquence.

La caméra retrouve le flic dans le couloir du somptueux appartement de Gonzalès, tandis que madame Gonzalès, en robe du soir bien qu'il soit dix heures du matin, se jette dans les bras du policier avec des hoquets de désespoir.

« Sauvez-moi de lui, Marc, il est capable de tout maintenant qu'il sait pour nous deux. »

Marc la serre contre lui, et c'est à cet instant qu'on entend un coup de feu.

« Je crois que vous n'avez plus d'inquiétudes à avoir, Lucinda », dit Marc.

Bonne déduction.

La caméra revient dans le bureau de Gonzalès. Marc avait vu juste. La tête de Gonzalès repose sur le sous-main, il tient encore l'arme et une tache de sang s'élargit autour de sa tempe. Beau temps pour Marc et Lucinda.

Tout ça pour dire que le suicide au revolver me semble trop efficace pour être tenté. Pas de moyen de s'en sortir, alors qu'avec le poison c'est autre chose, une erreur dans la dose et on s'en tire avec un dérangement intestinal et un lavage d'estomac, tandis que votre tête repose dans le giron de la femme aimée qui a rappliqué à l'hosto en quatrième vitesse.

« Mais quelle folie, Georges-Édouard ! Vous m'aimez donc tant pour avoir voulu en terminer ainsi ? »

Je me demande si je ne devrais pas me mettre à écrire des bouquins, moi aussi.

Ce que je dois me dire, c'est que ça n'aurait jamais marché entre cette fille et moi, pour une raison simple, évidente et bien connue, que le sens commun et populaire résume ainsi : on ne mélange pas les torchons avec les serviettes. Je suis évidemment la serviette. Marx l'avait prédit : dans le cadre d'un système capitaliste ayant pour base l'exploitation de l'homme par l'homme les classes sociales ne se mélangent pas. Impossible.

C'est statistiquement reconnu, et comme chacun sait, ce qui est statistiquement reconnu est indubitable.

J'ai lu un article là-dessus dans la salle d'attente de Chauveau, mon dentiste. Une enquête aux petits oignons portant sur un nombre incalculable de couples. Eh bien, la vérité était là, en chiffres, en pourcentages, en diagrammes, en courbes : dès qu'il y avait une différence culturelle marquée, un couple se défaisait... C'était net et sans fioriture... Si lui veut écouter *Lohengrin* et qu'elle se passe Sardou en boucle, c'est râpé, ça explose ; s'il relit Saint-Augustin et qu'elle s'abonne à *Télé Star*, ils ne font pas de vieux os ensemble. C'était comme ça, une loi de la culture comme il y a des lois de la nature... Pourtant le psy spécifiait bien, chacun faisait des efforts pour entrer dans l'univers de l'autre mais ça ne marchait pas, elle s'essayait à Wagner, mais après une jeunesse bercée par Yvette Horner, c'était au-dessus des forces humaines.

L'enquête insistait sur cette bonne volonté : des ménages fous d'amour, des rois de la cabriole sexuelle, ils achetaient le pavillon à Ermenonville, prévoyaient des chambres d'enfants, envisageaient leur retraite dans le Poitou au décès du pépé, ensemble jusqu'à la mort... Ils achetaient une concession avec deux colombes en granit des Vosges, s'ils avaient pu avoir un cercueil à deux places, ils l'auraient commandé. Ils ne se quitteraient plus, c'était à jamais. Et puis un soir, alors qu'elle sirote son très sophistiqué cocktail en respirant des arômes délicats, elle dit :

« C'est curieux comme dans *Les Chants de Maldoror*, il y a une scansion du verbe qui préfigure déjà le rythme dodécaphonique, voire les nuances de la partition d'un Alban Berg. »

Lui, qui écluse sa deuxième Kronenbourg en marcel et Adidas tout en essayant de choper Eurosport, dit : « Ah ouais ? »

Et, pour la première fois, la fine Solange sent percer en elle un léger, un infime sentiment qu'elle peut déjà identifier comme étant l'avant-garde d'un énervement. Il a compris que sa remarque était insuffisante, et il ajoute, pour montrer son intérêt et sa volonté d'apprendre : « Et qui c'est, Albert Bang ? » Elle tressaille à peine, mais le ver est dans le fruit. Dans six mois, dans un an, elle fera ses valises en emportant l'édition originale de Lautréamont, et en le traitant de tête de con, tandis qu'il se félicitera d'en avoir fini avec cette pimbêche qui l'emmenait admirer les Goya à Madrid alors qu'il voulait voir le Réal. Ainsi va, inexorablement, la vie !

Donc, je l'ai échappé belle. Youpi ! Supposons qu'elle revienne, comme ça, le bec enfariné... Salut, c'est moi, j'ai eu un empêchement... Qu'est-ce qui se passerait ? On se jetterait l'un sur l'autre, d'accord, très bien, parfait. Et après ? Ça durerait quoi ? Trois semaines ? Deux ans ? Ça vaut pas le coup, autant s'épargner du chagrin et en terminer tout de suite. Trancher dans le vif, hop ! problème réglé. On tire l'échelle et on passe à autre chose. Terrible la culture, ça devrait réunir et, au contraire, ça sépare, non, je dis des conneries. J'aurais pu faire des efforts... de toute façon, Alban Berg, ça m'emmerde, et puis elle n'était quand même pas au degré zéro de la civilisation... C'était pas une pithécanthrope avec un litron de treize degrés, les lettres qu'elle me laissait étaient marrantes, de l'humour, c'est important l'humour, capital même... Quelques fautes d'orthographe peut-être, mais bon... il vaut mieux faire une croix, sinon on serait allés grossir le troupeau des statistiques.

Ça me rappelle Ragolin tiens, cette histoire, il s'était séparé de sa femme lui aussi, il m'avait raconté ça, furibard : elle s'était mise à la poterie, elle faisait des trucs ignobles, gigantesques qui avaient envahi la maison, des monstres à la Niki de Saint Phalle mais en pire, plus tragiques, plein de gens venaient voir. Il lui avait dit que c'était immonde. Il m'avait expliqué que tous ces visages le poursuivaient la nuit, qu'il avait l'impression d'être en permanence dans un bateau parce que toutes ces statues penchaient dans tous les sens. Bref, elle avait plongé dans l'art brut, et lui, son truc, son dada, c'était les modèles réduits de moteurs à explosion. Ça ne pouvait pas coller. En deux mots comme en cent, ça voulait dire que les princes n'épousaient plus les bergères.

Il était 16 heures 5. Encore deux rendez-vous.

Il appuya sur le bouton.

– Françoise, vous pouvez partir.

– Monsieur de Mirenoix n'est pas encore arrivé.

Henri de Mirenoix avait deux caractéristiques : quatre-vingt-dix-sept printemps carillonnaient à sa porte et il avait vécu toute sa vie dans l'adulation de la même femme, Marie-Thérèse Louise de Savoie-

Carignan, princesse de Lamballe, l'amie de Marie-Antoinette, décapitée lors des massacres de septembre 1792. Il avait écrit à son sujet douze volumes, dix-sept plaquettes et un peu plus de huit cents articles dans des revues spécialisées. Il savait tout sur elle, de son tour de poitrine à ses dernières paroles, en passant par ses goûts culinaires et sa façon de traire les brebis. Vivre une histoire d'amour avec une femme sans tête, morte depuis deux siècles, était une belle preuve d'obstination et de sincérité. Enfermé dans son hôtel particulier du quai aux Fleurs, au milieu des portraits, dessins, huiles, estampes, eaux-fortes représentant tous la défunte, il vivait dans un air saturé d'eau de benjoin car il avait découvert que telle avait été la senteur préférée de celle que, dans ses moments d'abandon, il se permettait d'appeler Louise. Il se répandait en ces occasions une légère rougeur sur ses joues, elle traduisait la confusion ressentie pour cette condamnable familiarité... Adrien lui faisait remarquer parfois qu'après tant d'années de vie commune, il pouvait se le permettre. Le vieillard ne s'autorisait que peu souvent ce plaisir.

Il venait de proposer aux éditions Beaurecourt un nouvel ouvrage intitulé *Lamballe ou la Révolution condamnée*. La thèse soutenue était que, lorsqu'une politique débute dans l'histoire en entraînant le martyre d'une femme sublime, elle se détruit elle-même.

Adrien ouvrit le manuscrit à la dernière page :

« Derrière la face épaisse de Marianne l'usurpatrice, se profile, encore et toujours, le sourire divin, la beauté ineffable de celle qui fut la grâce et qui incarna autant les splendeurs royales que le crépuscule se couchant dans les jardins de Versailles... Immortelle, éternelle, la princesse de Lamballe est notre remords, elle fut, elle est encore la passion, l'intelligence, la beauté... Elle est notre rayonnement. »

Il faudra lui demander de mettre un bémol, ce ne sera pas facile, le vieil aristocrate étant têtu comme une mule et...

– Mademoiselle Berthold est arrivée.

C'était le dernier rendez-vous. Encore une maniaque : elle tenait à lui remettre son bouquin en main propre. Il avait accepté parce que, tout à fait par hasard, il avait lu l'année dernière un article d'elle dans un salon d'attente, toujours chez Chauveau, un reportage assez marrant sur la vie secrète des psychanalystes. Il se rappelait en particulier le passage où elle racontait que, chez un assez grand nombre d'entre eux, la technique de non-intervention – c'est-à-dire le fait qu'ils ne posent aucune question et tournent le dos au patient – était due à une pratique immodérée de la sieste. Elle en concluait qu'il fallait se rendre chez son thérapeute de préférence le matin.

D'ordinaire, il attendait d'avoir un compte rendu de lecture ou d'avoir lu lui-même le manuscrit pour recevoir son auteur. Chaque fois ou presque qu'il avait procédé autrement, ça avait tourné à la catastrophe. Il avait en particulier le souvenir d'un olibrius natif des Deux-Sèvres, hypocondriaque et dépressif, qui, avec une douceur souriante et désespérée, l'avait prévenu, avouant une tristesse navrée, que deux cas pouvaient se produire : ou bien Adrien éditait son ouvrage, roman agricole et freudien, auquel cas il continuerait son existence lamentable et solitaire dans sa chambrette d'une banlieue de Parthenay, ou bien il ne l'éditait pas, ce qui n'avait d'ailleurs aucune importance car il était bien conscient que son roman n'avait aucune chance de rencontrer un quelconque succès, mais il se trouverait dans l'obligation de mettre fin à ses jours... Tout cela murmuré d'un ton égal et naturellement lugubre.

Adrien le laissa parler et comprit qu'il ne plaisantait pas. L'homme ne menaçait pas, ne se livrait à aucun chantage : il présentait le résultat d'une réflexion mûrement réfléchie. Adrien se débattit, tenta de lui faire comprendre que l'on pouvait continuer à vivre sans être édité, que c'était même le cas de la plupart des six milliards d'habitants de la planète, que c'était même mieux comme ça, qu'avoir un bouquin était une source sans nom d'emmerdements : en réalité, les auteurs étaient des malheureux toujours insatisfaits de leurs tirages, furieux du silence des critiques, exaspérés par les rares articles à eux consacrés et jugés trop courts ou profondément idiots, ne vantant pas les grandissimes mérites de leur prose sublime... Il dressa un tableau apocalyptique du monde des lettres dans lequel l'imprudent voulait pénétrer, mais rien n'y fit. Avec l'opiniâtreté du paranoïaque en bout de course, le visiteur persévéra dans son projet et Adrien comprit qu'il tiendrait parole et que, s'il ne voulait pas avoir tout le restant de sa vie le poids d'une mort sur la conscience, il lui fallait obtempérer. Le bouquin sortit sous le titre prévu par son auteur, titre qui donnait le ton général du roman : *Le Glas*. Il s'en vendit un nombre très réduit malgré le prix qu'il reçut, celui du Festival littéraire de Mazières-en-Gâtine, riante bourgade sur les bords du Thouet, célèbre par son cimetière du XIVe siècle.

Une autre visite d'auteur, restée elle aussi dans les annales de la maison, fut d'un style tout à fait différent. Elle eut lieu sur le mode d'un entretien envahissant et vociférant. L'homme, d'origine caucasienne, exposa son histoire en martelant le bureau d'Adrien de ses poings sonores, et posa d'entrée quelques questions déterminantes :

– Vous vu *Potemkine* ? Histoire cuirassier ?

– Oui.

Le Caucasien rugit et tambourina une salve, faisant vibrer le téléphone.

– Vous rappelez landau dévale les escaliers ?

– Bien sûr, murmura Adrien.

L'homme leva les bras au ciel et fit trembler les vitres de son approbation.

– On tutoie, dit-il. Est-ce que tu savoir qu'il y a gosse dans landau ?

– Je m'en doutais, reconnut Adrien.

De nouveau le rire de l'habitant de l'ancienne République socialiste soviétique franchit les murs, dévala les étages, emplit la maison.

– L'enfant s'appelait Nicolaï comme moi !

Adrien le regardait, stupéfait.

– Mon grand-père ! Moi Nicolaï aussi !

Adrien se recroquevilla dans son fauteuil tandis que Nicolaï se dressait, tonitruant, brandissant une liasse de feuillets imprimés.

– Ça, histoire Nicolaï, enfant qui roule dans escaliers Odessa !

– Racontez-moi ça, flûta Adrien en ramassant une pile de dossiers balayés par le vent du Caucase.

Et Nicolaï commença.

Le manuscrit s'étendait sur deux mille pages. En gros, l'histoire était la suivante : après sa descente cahotante, le landau se renverse, un soldat ramasse le bébé et l'emporte à la caserne d'où il ressortira vingt ans plus tard avec le grade de lieutenant de l'armée Rouge. Nicolaï n'a qu'une idée en tête, retrouver sa mère qu'il sait être toujours vivante. Il déserte, voyage, traverse l'Europe, la manque à Helsinki, croit la voir à Budapest, retrouve sa trace, et finit par la dénicher à Paris où elle vient d'être victime d'un accident de voiture. Elle est amputée des deux jambes. Ils se jettent dans les bras l'un de l'autre : « Maman ! – Nicolaï ! » Un matin, Nicolaï installe sa mère dans sa petite voiture d'infirme, l'emmène en haut du Sacré-Cœur, lui montre le panorama d'un Paris nuageux : Notre-Dame là-bas, l'Opéra, les Invalides, et hop, d'une poussée, il l'expédie du haut des escaliers. Ça lui apprendra à lâcher les landaus sans faire attention.

– Elle se tue ? demande Adrien horrifié.

Nicolaï bondit.

– Deuxième volume, dit-il, tout est raconté.

Pendant les trois mois qui suivirent cette visite, ce

fut une course-poursuite Nicolaï-Adrien, ce dernier se réfugiant dans les toilettes lorsque le Caucasien s'engouffrait en tempête dans l'ascenseur.

Adrien soupira. Il fallait espérer que cette Berthold serait d'un genre différent.

– Je vais la recevoir.

Il verrait le fiancé de la princesse de Lamballe plus tard, à moins qu'il n'ait oublié son rendez-vous.

Il bâilla, s'étira, vissa le capuchon d'un stylo et alla ouvrir la porte pour accueillir la journaliste.

– Monsieur Beaurecourt, je suppose ?

– Hhxmlwgrstu, dit-il.

Lorsqu'il reprit sa respiration, il était assis sur la moquette et elle lui mordait avec passion le lobe des oreilles.

– Lucette, hein ? Lucette Proznowecksi !

– Avoue qu'Héléna, c'est plus joli...

Il ramassa le dossier et lut le titre sur la couverture : *Psychologie et vision du monde du squatteur* par Héléna Berthold.

– Bon Dieu, dit-il, c'est toi qui as écrit ça ?

– Avec mon petit ordinateur.

– Tu es journaliste...

– Reporter.

– Et cette histoire de...

– Tu m'offres un verre ? Je t'explique tout.

Dernier week-end

Le soleil pétillait dans leurs deux bières. Au-dessus des arbres, le bleu s'étalait, uniforme, sans bavures, le pinceau des dieux était lisse et contournait le dôme doré des Invalides... Qui pouvait vivre ailleurs qu'ici ? L'eau rigolait dans les caniveaux, il y avait, dans l'ombre de la terrasse, un miroitement de ruisseau, une grotte perdue... Il alluma sa première gauloise depuis douze jours.

– Le sujet m'intéressait, il était dans le vent en plus. On m'a demandé de faire une série d'articles, mais je sentais qu'il y avait un bouquin possible et, en même temps, j'ai compris ou cru comprendre que, pour parler du squat, il fallait être squatteur, ou tout au moins avoir squatté. Je voulais avoir ressenti les choses intérieurement, l'angoisse des bruits la nuit, ne jamais allumer de lampe, manger froid, guetter les gendarmes, les rondes, bref un vrai reportage, tu ne peux pas savoir ce que...

– Et Bob ?

La bière coulait, elle buvait le soleil avec l'or liquide et mousseux.

– Bob ? C'était le photographe, le projet le tentait... et puis, c'était moins stressant à deux. On avait déjà passé huit jours dans des F3 de HLM désaffectées, et j'ai commencé à craquer... J'ai eu envie de campagne, et c'est là que j'ai eu l'idée de venir chez toi. Squatter l'homme dont on voudrait qu'il soit votre éditeur, c'était à pile ou face : ou bien il devenait fou furieux, ou bien il trouvait que c'était de la conscience professionnelle, et ça retenait favorablement son attention.

– Et les lettres ?

– On s'ennuie beaucoup quand on squatte, et puis c'était tellement gentil, tes petits mots, qu'il fallait bien que je réponde.

– Et pourquoi ce départ ? Pourquoi ces douze jours sans nouvelles ?

– Je devais finir ce bouquin, prendre rendez-vous avec toi, et ce n'est pas facile à obtenir, en plus il fallait que je réfléchisse à cette histoire.

– Et ça y est, c'est réfléchi ?

– Si tu m'édites, je t'épouse.

Il s'appuya sur le dossier de la chaise et ferma les yeux. Malgré l'écran des paupières, Paris nageait dans l'azur.

– C'est le chantage le plus éhonté que j'aie jamais entendu de ma vie, dit-il.

– À ta place, je n'accepterais pas.

Il ouvrit un œil. S'il n'était pas dans un lit avec elle avant dix minutes, il allait mourir.

– Et pourquoi l'alcoolisme ?

– J’ai trouvé que ça faisait réaliste. La touche authentique, et c’est vrai que j’aime le bordeaux.

Il sentit un déclic au creux de l’estomac, un indicateur qui ne le trompait jamais : il était temps de mettre le cap sur Belange.

– J’ai failli oublier, dit-il, on est vendredi et il est cinq heures.

L’orientation du soleil changea et un rayon vrilla l’œil vert d’Héléna Berthold. Pleins feux sur les émeraudes, pensait-il. Encore un titre pour un best-seller.

– Et à cinq heures, conclut-il, on prend la route.

– Je vais te proposer une chose inouïe, dit-elle.

Il se pencha vers elle. Toujours le parfum, le même que là-bas, pomme et savon.

– Je t’écoute.

– Cramponne-toi, dit-elle, et si on restait là, pour une fois ?

– Que dira Aphrosine ?

– Elle nous pardonnera.

– Tu es sûre ?

– Certaine.

Le bonheur. Bien sûr qu’elle pardonnera.

Il tapota le manuscrit sur la table.

– De toute façon, dit-il, j’ai de quoi occuper mon week-end. Il faut que je lise ce truc-là, j’espère avoir le temps.

Héléna fit remonter son pied le long du tibia d’Adrien. L’été ne finirait jamais.

– Ça m’étonnerait, dit-elle.

Il la regarda. Au fond, la vie était simple. Il y avait

pour chaque individu deux sortes d'êtres, ceux qui faisaient rêver et les autres. Depuis qu'il avait rencontré Héléna, il n'avait pas cessé de voyager avec elle. Ils avaient traversé les plaines à herbes hautes qui s'étendent à l'infini jusqu'aux montagnes du Grand Nord canadien, elle conduisait le chariot et lui poussait le troupeau à travers les pâturages que les bisons avaient désertés. Ça, c'était le souvenir de *L'Ultime Caravane*, une des rares traductions qu'il avait publiées à quinze mille exemplaires.

Ils avaient également descendu le Nil en felouque, éventés par des esclaves nubiens. Elle portait la coiffure des souveraines de Basse-Égypte. Chaque soir, ils regardaient, enlacés, à la proue du bateau royal, le crépuscule incendier les eaux du fleuve divin. Le monde leur appartenait et ils pouvaient voir défiler sur les rives les palais aux colonnes géantes dont ils étaient les maîtres. Ça, c'était *La Reine des sables*, cent vingt mille exemplaires en comptant l'édition de poche.

En 1187, leurs regards s'étaient croisés sous les remparts de Saint-Jean-d'Acre : petite-nièce de Saladin, il l'avait arrachée au harem où elle croupissait et, après avoir quitté sa tenue de croisé, sa cuirasse, son heaume, ses jambières, ses gantelets et toute la quincaillerie des chevaliers venus reprendre le corps du Christ aux infidèles, ils s'étaient aimés dans les caravansérails... À Jaffa, elle lui avait fait le coup de la danse du ventre dans les fastes orientaux, soieries et rahat-loukoums. *Princesse maure*, cinquante-deux mille exemplaires.

Leurs mains s'étaient effleurées dans la salle d'opérations du Center Hospital de LA et elle avait essuyé son front ruisselant tandis qu'il achevait de circonscrire une tumeur iléale de belle taille. Il était épuisé et, bien qu'il fût concentré sur son travail, il n'arrêtait pas de penser qu'elle était nue sous sa blouse. C'était l'été le plus chaud depuis l'invention de la météorologie, et l'asphalte fondait dans les rues. Il avait la conscience nette qu'elle s'était aperçue de son érection qui durait depuis le début de l'intervention. « Ceci n'est pas un bistouri, Clarissa », dit-il en lui rendant la pince hémostatique qu'elle venait de lui tendre. *Infirmière de nuit*, soixante-quinze mille exemplaires.

Il s'ébroua, émergeant en même temps de l'Ontario, des splendeurs thébaines, des délices d'Antioche et de l'hosto californien, il sentit ce qui devait être le bonheur déferler en lui : une rafale joyeuse comme un galop, une chanson pétaradante et neuve.

– OK, dit-il, pas de Belange, mais il faut que je repasse à la boîte. Viens avec moi.

Il l'entraîna dans les escaliers. Les locaux étaient déjà vides. Les filles quittaient leur travail plus tôt le vendredi.

Il la fit entrer dans son bureau, referma la porte et l'enlaça.

– Comment, protesta-t-elle, sur la moquette ?

– Le bureau, dit Adrien, le type qui me l'a vendu m'a assuré qu'il avait appartenu à Gide.

– Mon sujet au bac philo, gémit-elle.

– Ça va être encore meilleur.

Il l'allongea au milieu des deux téléphones, de

l'agenda et du presse-papiers, cadeau d'Aphrosine : un tank Sherman à tourelle pivotante.

– Je t'avais prévenue, dit Adrien, pour réussir dans les lettres, faut coucher.

Elle se cambra tandis qu'il prenait conscience du ridicule de son pantalon tombé sur ses chaussettes. Avant que la tornade l'emportât, Héléna se souleva sur un coude.

– Combien d'exemplaires, que je sache si ça en vaut la peine...

Adrien sourit. Elle avait fermé les yeux.

– Un milliard, dit-il.

Elle sentit les premières vagues monter, la tempête allait venir...

– Ça marche, souffla-t-elle, l'affaire est faite.

À ce moment, l'une des phrases qu'il avait le plus aimées envahit son esprit, elle avait marqué son enfance, c'était à la fin de *La Guerre du feu*. Du haut d'un promontoire, un couple d'amoureux regarde l'univers se dévoiler à leurs pieds, « ... et les temps sans nombre s'étendaient devant eux ». Quelle pourrait en être aujourd'hui la traduction moderne ? Les choses ayant changé depuis les premiers hommes, ça pourrait être quelque chose comme « Et chacun se promit qu'ils feraient ensemble le plus long chemin possible ». C'en était peut-être fini des amours absolues ne se terminant qu'au bout de la vie, mais après tout, qui le savait ? Rien n'empêchait d'espérer et, en cet instant, l'espoir survolté les submergea, fulgurant et tendre comme une lumière dans le matin.

Du même auteur :

Aux Éditions Albin Michel

LAURA BRAMS
HAUTE-PIERRE
POVCHÉRI
WERTHER, CE SOIR
RUE DES BONS-ENFANTS, prix des Maisons de la Presse 1990
BELLES GALÈRES
MENTEUR
TOUT CE QUE JOSEPH ÉCRIVIT CETTE ANNÉE-LÀ
VILLA VANILLE
PRÉSIDENTE
THÉÂTRE DANS LA NUIT
PYTHAGORE, JE T'ADORE
TORRENTERA
LE SANG DES ROSES
JARDIN FATAL
LA REINE DU MONDE
LE SILENCE DE CLARA

Chez Jean-Claude Lattès

L'AMOUR AVEUGLE
MONSIEUR PAPA, porté à l'écran
E = MC² MON AMOUR, porté à l'écran sous le titre *I love you, je t'aime*

POURQUOI PAS NOUS ?, porté à l'écran sous le titre de *Mieux vaut tard que jamais*

HUIT JOURS EN ÉTÉ

C'ÉTAIT LE PÉROU

NOUS ALLONS VERS LES BEAUX JOURS

DANS LES BRAS DU VENT

Composition réalisée par IGS

Achevé d'imprimer en Espagne en septembre 2007 par
LIBERDUPLEX
Sant Llorenç d'Hortens (08791)
Dépôt légal 1re publication : octobre 2007
N° d'éditeur : 90715
Librairie Générale Française
31, rue de Fleurus – 75278 Paris Cedex 06